9/22

D1095270

# El eclipse total de NÉSTOR López

# El
## eclipse total
## de NÉSTOR
## López

**ADRIANNA CUEVAS**
**TRADUCCIÓN DE ALEXIS ROMAY**

Farrar Straus Giroux
Nueva York

Farrar Straus Giroux Books for Young Readers and Square Fish
Imprints of Macmillan Publishing Group, LLC
120 Broadway, New York, NY 10271 • mackids.com

Our books may be purchased in bulk for promotional, educational, or business use.
Please contact your local bookseller or the Macmillan Corporate and Premium
Sales Department at (800) 221-7945 ext. 5442 or by email at
MacmillanSpecialMarkets@macmillan.com.

Library of Congress Cataloging-in-Publication Data

Names: Cuevas, Adrianna, author. | Romay, Alexis, translator.
Title: El eclipse total de Néstor López / Adrianna Cuevas ; traducción de Alexis
    Romay.
Other titles: The Total Eclipse of Nestor Lopez.
    Spanish
Description: First Spanish hardcover edition, first Spanish Square Fish edition. |
    New York : Farrar Straus Giroux Books for Young Readers : Square Fish, 2022. |
    Originally published in English in 2020 under title: The total eclipse of Néstor
    López. | Audience: Ages 8 to 12. | Audience: Grades 4–6. | Summary: "A Cuban
    American boy must use his secret ability to communicate with animals to save the
    inhabitants of his town when they are threatened by a tule vieja, a witch that
    transforms into animals"— Provided by publisher.
Identifiers: LCCN 2022017879 | ISBN 9780374390846 (hardback) |
    ISBN 9781250843692 (trade paperback)
Subjects: CYAC: Witches—Fiction. | Shapeshifting—Fiction. | Human-animal
    communication—Fiction. | Ability—Fiction. | Cuban Americans—Fiction. | Spanish
    language materials. | LCGFT: Novels.
Classification: LCC PZ73 .C8255 2022 | DDC [Fic]—dc23

First Spanish hardcover edition, 2022
First Spanish Square Fish edition, 2022
Book design by Monique Sterling and Trisha Previte
Printed in the United States of America by Lakeside Book Company,
Harrisonburg, VA

ISBN 978-0-374-39084-6 (hardcover)
1  3  5  7  9  10  8  6  4  2

ISBN 978-1-250-84369-2 (paperback)
1  3  5  7  9  10  8  6  4  2

*A Soren, mi hogar*

# NOTA DE LA AUTORA A LA EDICIÓN EN ESPAÑOL

En *El eclipse total de Néstor López*, nuestro protagonista viaja por todo Estados Unidos debido a que su papá trabaja para el ejército. A pesar de su corta edad, Néstor ha vivido en Washington, Kentucky, Texas y otros lugares. Ahora, gracias a los fabulosos lectores, ¡Néstor ha viajado incluso más lejos! Lectores de países tan lejanos como Filipinas y Australia han seguido de cerca las aventuras de Néstor mientras lucha contra la tulevieja y aprende a confiar en nuevos amigos.

Luego de publicar esta historia en medio de una pandemia global, cuando el mundo se cerró a cal y canto, me pregunté si este libro encontraría a sus lectores. Pensé que quizás Néstor se quedaría en New Haven mientras Cuervito se burlaba de él por comer demasiados pastelitos de guayaba. Pero en los meses siguientes a su publicación comencé a escuchar de lectores en todo Estados Unidos que se sentían identificados con el humor y el buen corazón de Néstor. El libro sirvió como un escape a lo impredecible de los nefastos acontecimientos recientes y les dio a los lectores alguien a quien aclamar mientras Néstor intentaba salvar su hogar y a sus nuevos amigos.

Ahora, con la publicación de la edición en español de *El eclipse total de Néstor López*, él puede viajar aun más lejos. Romper la barrera del lenguaje para que las historias puedan ser disfrutadas por más lectores es una labor importante y le estoy agradecida a Alexis Romay por su dedicación a esta edición. En mi vida anterior como maestra de inglés, con frecuencia tenía que traducir reuniones y documentos para familias que no eran angloparlantes. Aquello era lisa y llanamente información. Traducir una historia con todas sus complejidades, modismos y sutilezas es una tarea completamente diferente. Transmitir las mismas emociones de un idioma a otro es una proeza monumental. Les estoy agradecida a Alexis y al equipo completo de Macmillan por hacer posible esta edición.

Ahora que Néstor, sus amigos y el equipo de animales parlantes viajan al mundo hispanohablante, sólo se me ocurre decirles una cosa:

*¡Chao, pescao!*

# El eclipse total de Néstor López

# CAPÍTULO 1

AGARRO LA VIEJA BRÚJULA DEL EJÉRCITO DE
MI PAPÁ y hago un esfuerzo por no tirársela al odioso cuervo que me está acosando desde la ventana
del cuarto. He vivido en otros cinco lugares, pero los
pájaros de New Haven son, de lejos, los más irritantes.

—¿Oíste eso de que la vieja que vive aquí cocina
mapaches y armadillos para la cena? —chilla el cuervo
dando saltitos de uno a otro lado en el alféizar de la
ventana. Inclina la cabeza negra hacia las cajas de embalaje en mi cuarto.

—Sé de buena tinta que eso no es verdad. —Pateo

una caja grande etiquetada LIBROS DE CÓMICS Y PISTOLAS DE DARDOS DE NÉSTOR que está debajo de mi cama. Los muelles debajo del colchón se quejan a medida que la caja empuja el marco de la cama—. Mi abuela es la mejor cocinera de Texas.

—Está bien. No me creas. A lo mejor te iré a visitar al hospital cuando te tengan que quitar el intestino delgado por comer demasiados animales atropellados.

Pongo los ojos en blanco. A veces esto de hablar con los animales no es tan genial como parece.

Aprieto las mandíbulas y meto a empujones otra caja bajo la cama, arrodillándome para empujarla contra el tenso marco de la cama. Este cuervo me está impidiendo romper mi récord de desempacar. Luego de mudarme a cinco bases del ejército, he perfeccionado mis habilidades. Tengo el récord de mayor velocidad a la hora de empacar y desempacar en todo el universo. Te las puedes arreglar con desempacar únicamente una sola caja de ropa por más o menos tres semanas antes de que tu mamá se dé cuenta de que te has puesto todos los días el mismo pulóver de un gato surfeando encima de un pedazo de pizza. Sé que ponerse a ordenar tus cajas frente a un curioso vecino nuevo significa que él va a ver toda tu ropa interior y el raído osito de peluche con el que todavía insistes en dormir.

Pero el secreto del éxito consiste en no molestarse con desempacar la mitad de las cajas cuando llegas a tu nueva ubicación. De ese modo estarás listo para partir cuando tu mamá anuncie lo inevitable.

No me sorprendió cuando mi mamá dijo:

—Néstor, nos vamos a mudar a New Haven, Texas.

Habíamos vivido en Fort Hood durante seis meses, ya me estaba acostumbrando a mi nueva escuela y mis compañeros de clase estaban a punto de ganarse el rango de amigos. Mis maestros por fin comenzaban a llamarme correctamente. Yo sabía que esa era la señal de que debía prepararme para que nos mudáramos una vez más.

Así que hace dos días puse el cronómetro y medí el tiempo que me tomaba tirar mis cuadernos de dibujo y mis lápices en una caja y el resto de las pistolas de dardos, los Legos y las tarjetas de Pokémon que habían sobrevivido a las cuatro últimas mudadas en una tercera caja. ¡Cinco minutos y treinta y cuatro segundos!

Aunque olvidé empacar mis calzoncillos.

El cuervo picotea la pintura descascarada del

alféizar de la ventana; sus lustrosas plumas negras brillan a la luz del sol. Parece como si estuviera cubierto de aceite y tuviese un sinuoso diseño verde y morado en las alas. Abandono lo de desempacar y agarro mi cuaderno de dibujo para bocetear la fastidiosa vida salvaje de New Haven.

—Oh, ¿así que me vas a hacer famoso? ¿Y acaso tú eres un buen artista? —El cuervo estira las plumas.

Considero dibujar un enorme oso negro devorando al cuervo, con plumas y pedazos del pájaro saltando por los aires.

Mientras dibujo el matiz exacto de odioso en el ojo del cuervo, escucho un toque suave en la puerta de mi cuarto.

Mi abuela entra arrastrando los pies, con su pelo rizado recogido en un moño alto. Intentó teñírselo de rojo para cubrirse las canas, pero le quedó más bien morado. Hace juego con las florecitas en su bata de casa.

Mi abuela me da un abrazo e inhalo el aroma a lavanda. De las cinco veces que me he mudado, esta es la primera vez que alguien que conozco me ha recibido. Por lo general llegamos a una casa vacía con paredes que hacen eco, rodeada de los ojos curiosos de los vecinos. Me podría quedar en el abrazo de mi abuela para siempre.

—¿Y cómo va lo de desempacar? —Le echa un vistazo a mi cuarto nuevo y hace una pausa cuando ve las cajas de embalaje bajo la cama. Suelta una risita y me guiña un ojo.

El cuervo bate las alas contra el marco de la ventana.

—Oh, estás metido en tremendo lío.

Niego con la cabeza y miro a mi abuela para comprobar si ella también puede oír al irritante animal que me acompaña, pero está ocupada sacando una bolsa de papel cartucho a sus espaldas sin mover un músculo de la cara. Parece que mi habilidad de hablar con los animales no se saltó una generación.

—Bien, supongo. —Les echo un vistazo a las cajas en mi clóset, metidas a la fuerza detrás de mi ropa.

Mi abuela toma mi cuaderno de dibujo y lo sostiene a un brazo de distancia, admirando mi boceto del cuervo.

—Ay, mira. Otra obra maestra, Joselito.

A veces a ella le gusta llamarme Joselito, en honor a José Nicolás de la Escalera, el primer pintor de Cuba. Me dice que espera ver algún día mis dibujos en museos alrededor del mundo, al igual que los de José. No me molesto en decirle que no pienso que yo sea tan bueno. Dibujo porque me mantiene ocupado mientras estoy sentado en las aulas nuevas escuchando a un maestro dar una cháchara sobre ecuaciones que aprendí hace dos escuelas.

Y el papel y los lápices son fáciles de empacar.

—¿Y eso qué es?—pregunto, mientras mi abuela sostiene la bolsa de papel cartucho frente a mí.

—Tengo algo para ti, niño. —Los ojos le brillan.

Echo un vistazo al interior. Al fondo hay un guante de béisbol.

—Pensé que tal vez querrías esto. Subí al desván a buscarlo entre las cajas. Ay, casi me rompo la cadera con esas tontas escaleras.

Paso el dedo por el guante desgastado y sonrío mientras mi abuela maldice las escaleras del ático. El cuero marrón está cuarteado en la palma y unos cuantos cordones zafados cuelgan de los bordes. Está definitivamente bien usado.

—Este fue el guante de tu papá. Él y tu abuelo se pasaban las horas allá afuera en el patio tirándose pelotas. Tenía que gritarles muchísimo para que dejaran de tirársela y entraran a cenar. Y yo soy buena cocinera, como tú sabes. —Mi abuela suelta una risita y se sienta a mi lado en la cama. Se acomoda hacia un lado, y las cajas metidas a la fuerza bajo la cama comienzan a empujar los afilados muelles contra el colchón. Escucho como el cartón de una de ellas comienza a crujir. Espero que no sea la que tiene mi acuario.

—Gracias, Buela. Esto es súper genial.

El guante de mi papá. Deslizo mis dedos dentro y abro el guante y lo cierro. Definitivamente no olvidaré empacar esto cuando nos mudemos de nuevo.

Mi abuela me pasa la mano por la espalda.

—También tengo otra cosa más, mi niño —me susurra al oído.

—¿Qué cosa? —Me pregunto cómo va a superar al guante.

Ella mete la mano en el bolsillo de su bata de casa y me extiende un sobre.

Le doy un vistazo al papel blanco en su mano y reconozco la escritura pequeña con las letras en mayúsculas.

Papá.

El corazón me late con fuerza en el pecho y le quito el sobre a mi abuela.

—¡No puede ser! ¿Tan pronto?

—Ahí te la dejo. —Me da un beso en la cabeza y sale lentamente del cuarto con sus chancletas de andar por casa.

Tengo una caja de zapatos llena de cartas de mi papá. El buzón de entrada de mi correo electrónico tiene su propia carpeta desbordada de mensajes que me ha enviado durante los últimos tres meses de su misión. Y aun así, cada vez que recibo una carta suya el corazón me late tan rápido que casi no puedo respirar. Siempre le echo un vistazo a la dirección del remitente en el sobre en busca de pistas acerca de él. ¿Ha cambiado de base? ¿Todavía sigue en el Medio Oriente? La críptica combinación de letras y números de esta carta me dice que está en la base aérea de Bagram, en Afganistán.

Abro el sobre y leo.

Néstor:

Ya sé que normalmente nos escribimos por email, pero quería que tuvieras algo esperando por ti cuando llegaras a New Haven. Si nos ponemos de suerte, esta carta llegó a tiempo.

El especialista Fischer y yo jugamos

ayer a tirarnos la pelota, así que escribí "Kabul, Afganistán" en tu pelota. ¡Se me está comenzando a acabar el espacio en esa cosa! Pero me las arreglé para ponerlo entre "Ramstein, Alemania" y "Daegu City, Corea del Sur". Tú y yo nos la tendremos que tirar cuando vuelva a casa para que podamos escribir "New Haven, Texas" en ella.

Bueno, aquí va tu pregunta animal. Hay una especie de oveja aquí en Afganistán que fue nombrada en honor a un explorador famoso. Respóndeme con el nombre. ¡Estoy bastante seguro de que no sabes la respuesta!

Buena suerte en tu nueva escuela. Sé que lo harás muy bien. Siempre lo haces.

Te quiere,
Papá

Leo la carta tres veces más, pasando el dedo por encima de la firma de mi papá. La doblo cuidadosamente y la meto entre las páginas del cuaderno de dibujo. Siento una pelota de golf en la garganta que me intento tragar.

Hace tres meses mi mamá y yo nos quedamos parados en una calurosa pista de aterrizaje contemplando la espalda de mi papá, que se encontraba abordando un avión con una barriga enorme rumbo a Afganistán. Era la cuarta vez que lo veíamos partir, con los hombros cada vez más encogidos con cada misión. Le agarré la mano a mi mamá, con las palmas de mis manos sudorosas, y fingí que era el sol fuerte lo que hacía que se me aguaran los ojos.

Ahora mi papá está a un océano de distancia, tirándole la pelota a alguien que no soy yo. Mi papá dice que todas estas mudanzas y el estar separados es parte de su trabajo. Cuando tú eres Néstor López, hijo del sargento de primera clase Raúl López, cada vez que el ejército dice "múdate", tú te mudas.

Y es una pesadez.

Suspiro y tomo mi carboncillo para seguir añadiéndole matices al cuervo.

—Aguanta un momento —cacarea el animal desde el alféizar de la ventana—. Dibújame el lado bueno.

Se da la vuelta y levanta las plumas traseras.

Pongo los ojos en blanco y busco una página vacía en mi viejo cuaderno de dibujo, saltando páginas a las que les he puesto Georgia, Colorado, Washington, Kentucky y Texas. Escribo *Días en New Haven* en la parte de arriba de la página y hago dos marquitas debajo. Me pregunto cuántas rayitas voy a hacer antes de que nos tengamos que mudar de nuevo. Dibujo un circulito más o menos a mitad de la página. Esa es mi predicción de cuándo mi mamá se va a sentar conmigo, soltando un gran suspiro y pasándome la mano por la espalda.

—Oye, ya que tú eres un sabelotodo, cuéntame de New Haven. ¿Tienen algo divertido que hacer? ¿Un cine? ¿Una pista de patineta? ¿Un aparato de teletransportación que te lleve a un pueblo mejor?

El cuervo da unos saltitos y se da la vuelta.

—Oyeee, para que lo sepas, este pueblo es mejor que una ensalada de gusanos para el desayuno. —Inclina el cuello hacia la patineta tirada al fondo de mi clóset—. Por cierto, hay una pista de patineta bastante buena. Está justo detrás de la tienda de Dairy Queen abandonada.

Alzo las cejas. Por lo que he visto, me pondría de suerte si esa pista de patineta resulta ser más que un bloque de concreto y un pedazo de madera contrachapada. Entrando en New Haven, mi mamá accidentalmente se llevó la única señal de pare del pueblo. No dije semáforo sino *señal* de pare. Varias ventanas tapiadas estaban abarrotadas con volantes de mascotas perdidas en los pocos edificios del centro del pueblo. Me pregunto si los residentes de New Haven se han olvidado de que forman parte de un pueblo y no están simplemente viviendo los unos al lado de los otros por pura casualidad. Mi obituario probablemente dirá: "Murió de aburrimiento en New Haven, Texas".

He gastado la punta de mi carboncillo y no encuentro el sacapuntas. Probablemente está oculto al fondo de una caja etiquetada MEDIAS SIN PAREJA Y JUGETES CON LOS QUE NO HE JUGADO EN SEIS AÑOS. Camino a través de las cajas desperdigadas por mi cuarto y comienzo a amontonarlas en mi clóset. Estoy poniendo la tercera caja en una torre cuando noto unas palabras garabateadas en la pared del fondo. *Escondite secreto de Raúl Armando López. Intrusos, ¡fuera de aquí!* La caligrafía es precaria y tiene debajo dibujado un perro que parece un monigote.

Sonrío ante el hecho de que mi papá haya señalado tan claramente un escondite que se suponía fuese secreto. Espero que el ejército le haya enseñado mejor camuflaje desde entonces.

Tomo la caja y comienzo una nueva pila, dejando el mensaje de mi papá al descubierto. Continúo poniendo las cajas sin desempacar una encima de las otras hasta que llegan a la parte de arriba del clóset. Tengo que usar todo mi peso para cerrar las puertas del clóset, y la madera cruje contra mi hombro mientras el cartón se arruga.

—¿Ya desempacaste? —La cabeza de mi mamá se asoma por el marco de la puerta. Le echa un vistazo al cuarto.

Salto sobre la cama y pongo los pies delante de las cajas metidas a la fuerza bajo el marco de la cama. No quito la vista del clóset mientras rezo porque se quede cerrado.

—Anjá, claro. Por supuesto.

—¡Mira debajo de la cama! ¡Mira debajo de la cama! —grazna el cuervo y aletea.

Viro la cabeza rumbo al animal y lo espanto con mi cuaderno de dibujo. Levanta el vuelo con un chillido.

La agotada cara de mi mamá no muestra ninguna señal de entender al pájaro. Sus ojeras hacen juego con el morado de su blusa y su pelo negro casi todo se le ha salido de su desarreglado moño y se le pega a la frente sudorosa. Tal parece que con cada mudanza ella se vuelve más lenta en empacar y desempacar, mientras que yo me vuelvo más rápido. Ella siempre deja una foto de mi papá con su uniforme de gala de última y la envuelve en una bufanda verde y dorada y la pone en su cartera y solo la saca cuando llegamos a nuestro destino.

—Vamos a tomarnos un selfi en tu cuarto nuevo para papá —dice mi mamá, y se sienta a mi lado en la cama.

Mi mamá está obsesionada con tomar fotos para mi papá. Sostiene el teléfono y yo me le acerco. Me echa el brazo por encima, aprieta un botón y capta nuestras sonrisas de oreja a oreja. No tengo corazón para decirle que sus brazos son tan cortos que mi papá no va a poder ver nada detrás de nosotros. Por lo que muestra la foto, podríamos habernos mudado a la superficie de Marte.

Mi mamá se pone de pie e inspecciona la foto. Mira las cajas debajo de mi cama, con la mano sosteniendo el anillo de matrimonio de mi papá que cuelga de su cuello en una cadena de oro. Frota la sortija con el pulgar.

—Néstor, *de veras*, desempaca esta vez. Lo digo en serio.

—Sí, señora. —Bajo la vista a mis pies descalzos que se columpian al borde de la cama. Hay una cicatriz en mi dedo gordo del pie derecho de un desafortunado juego de kickball en Kentucky y otra cicatriz en mi tobillo izquierdo de una fatídica excursión en Colorado—. Tampoco es que valga la pena, de todos modos.

Mi mamá me sonríe débilmente.

—New Haven va a ser diferente. No estamos en otra base militar. A lo mejor te gusta.

Fort Hood tenía un restaurante Whataburger, una sala de videojuegos y una tienda de cómics en la que podías leer tanto como quisieras siempre que le compraras papitas o caramelos al dueño. La mayoría de los muchachos de la escuela tenía padres en el ejército, así que todo el mundo entendía si no querías hablar en medio de la clase de Ciencias porque tu papá había cruzado el océano en un vuelo la noche anterior. Ahora mi mamá me había mudado a un pueblo en el que yo era el raro del circo. Un extraterrestre de un planeta distante. Lo único que me consolaba era saber que a lo mejor no nos quedaríamos por mucho tiempo.

—A tu papá le encantó crecer aquí. Yo sé que va a ser bueno para ti.

—Hasta la próxima mudanza. —Aprieto el lápiz tan fuertemente que se parte en mi mano.

Mi mamá suspira y se frota los ojos.

—No sé qué decirte, Néstor. Estamos aquí con tu abuela. Vas a estar bien.

Abro la boca para protestar justo en el momento en que las puertas del viejo clóset se dan por vencidas y revelan una avalancha de cartón estrujado y cinta de embalaje. Las cejas enarcadas de mi mamá me silencian mientras suspiro y arrastro los pies rumbo a la montaña de cajas, las pistolas de dardos, los Legos y los viejos cuadernos de dibujo que se burlan de mis habilidades para el desempaque. Obviamente, hoy no se romperá ningún récord de desempacar.

# CAPÍTULO 2

—CHAO, PESCAO —ME GRITA MI ABUELA cuando salgo de su casa.

La saludo con la mano y le respondo con otro grito:

—¡Y a la vuelta, picadillo!

Me cuelgo la mochila al hombro y me encamino a la escuela. Lo único que tengo es mi cuaderno de dibujo, una libreta de espiral a medio usar de mi escuela vieja, mi estuche de lápices y la brújula de mi papá. Mi mamá y mi abuela recibieron una lista de útiles escolares que debía llevar a la escuela cuando me matricularon, pero la ignoré. De todos modos, probablemente no voy a estar en la secundaria de New Haven el tiempo suficiente como para usar todas las cosas de la lista.

Mientras avanzo por el trillo hacia el bosque, una mancha negra flota por encima de mí y se tira en picado entre las ramas.

—¿Y a qué venía todo eso? —grazna el cuervo, zumbando cerca de mi pelo.

—¿Qué cosa?—pregunto, y me vuelvo para asegurarme de que mi abuela ha entrado a su casa y no me va a ver hablando con un pájaro.

—Toda esa palabrería. ¿Acaso no saben decir adiós?

—Así es como mi abuela y yo siempre nos despedimos. Sin importa si me ha llamado por teléfono o si nos visitó en Washington o en Kentucky o en cualquier otra parte, siempre nos hemos despedido del mismo modo.

—¿Y qué era exactamente lo que se decían? Hablaban de mí, ¿no es cierto?

Niego con la cabeza y me río.

—Para nada. Mi abuela dice que tiene que ver con las libretas de racionamiento que daban en Cuba cuando Castro dejaba que la gente comprara solo pescado un día y bistec al siguiente.

—Eso no me hace ninguna gracia.

—Bueno, él era un dictador, así que, ¿qué esperabas?

Saco la brújula de mi papá de la mochila y la agarro fuertemente en las manos.

—¿Y eso qué es? —pregunta el cuervo, aterrizando en el suelo y dando saltitos a mi lado. Y yo que quería una caminata tranquila rumbo a la escuela.

—Es una brújula. Mi papá me la dio cuando yo estaba en prescolar, antes de su primera misión.

Paso el pulgar por encima de la brújula. Cuando era pequeño, pensaba que la aguja roja señalaba a mi papá en lugar de al norte. Me pasaba las horas mirándola y pensando que podía lograr, con mi fuerza de voluntad, que la flechita roja se moviera hacia mí.

No quería salir de casa de mi abuela esta mañana. No era la perreta habitual de "no quiero ir a la escuela". Quería quedarme para absorber cada pared, cada esquina de la casa. Hay rayitas en el marco de la puerta del comedor que marcan la altura de mi papá mientras crecía. Mi abuela tiene una foto suya y de mi abuelo en la sala del día de su boda, ella con su vestido de novia y él, de traje. Su casa tiene una historia. Es un hogar.

Yo nunca he vivido en un lugar así.

El cuervo salta a una roca y luego se lanza al aire.

—Tú sabes, es mucho más rápido caminar a través del pueblo para llegar a la escuela.

Arrastro los pies por el sendero.

—No tengo ningún apuro. Además, se me ocurrió que podría bocetear algunos animales o árboles por aquí. No podía andar mucho por las bases del ejército.

—¿Ah, no?

—Bueno, nunca sabías si te ibas a tropezar con algún ejercicio con granadas o una práctica de bazuca. —Le hago un guiño al cuervo—. ¿Y tú tienes nombre?

—¿Si tengo qué? —El cuervo se sacude el ala en el suelo, echándome tierra encima del zapato.

—Un nombre. Lo que te llama la gente.

El pájaro gira el cuello y levanta la vista hacia mí.

—¿Te refieres a "No te hagas caca ahí" o "Aléjate de mi gato"?

—Exacto. —Pienso por un momento. Nunca he tenido una mascota. Mi mamá dijo que serían muy difíciles de mudar todo el tiempo. Este irritante cuervo es probablemente lo más cerca que estaré de tener una—. ¿Qué te parece "Cuervito"?

—¿Me acabas de insultar?

—No. Es el diminutivo de Cuervo. ¿Y si te llamo así?

—¿Y qué tal Señor Cuervito? ¿O Profesor Cuervito?

—El cuervo comienza a batir las alas—. Espera... ¡El Malvado Doctor Cuervito!

—Anjá, mira, yo te voy a decir Cuervito.

El cuervo inclina su cabeza hacia mí.

—Está bien. Y yo te voy a llamar "No te hagas caca en él".

—O Néstor.

—Como quieras. —Cuervito bate las alas y levanta el vuelo—. Ten cuidado en el bosque. A lo mejor no te conviene bocetearlo todo.

Alzo las cejas mientras Cuervito se eleva por encima de los árboles y se pierde de vista.

El bosque detrás de la casa de mi abuela está lleno de robles sinuosos y cactus puntiagudos. Bajo la vista para cerciorarme de que no me voy a atravesar la pantorrilla con alguna espina, pero casi me provoco una contusión con las torcidas ramas del árbol. Por suerte, mi abuela le puso bastante azúcar a mi café con leche esta mañana.

El sendero curvea por pequeñas lomas, alrededor de cedros y arbustos de mezquite. Es menos montañoso que donde vivíamos en Colorado, pero tiene más colinas que Kentucky. Hay menos árboles que en Washington, que estaba lleno de altos pinos, pero más que en los campos rocosos de Fort Hood. Mientras deambulo colina abajo, mis tenis gastados resbalan en el lodo y hacen que unas piedritas rueden por el sendero. Noto un movimiento por el rabillo del ojo.

Una cierva de cola blanca me mira fijamente a la vez que come un poco de hierba, moviendo la boca en círculos mientras unos retoños verdes le cuelgan de la boca.

—¿Está bueno el desayuno?—Trato de hablar en voz baja para que sepa que no soy una amenaza.

La cierva deja de comer y dice:

—No particularmente. Creo que una ardilla se orinó en esta área.

Suelto una risita.

—Muchacha, qué asco.

La cierva se queda boquiabierta y unos pedazos de hierba a medio masticar se le caen de la boca.

Estoy acostumbrado a esta reacción la primera vez que un animal se entera de que puedo entenderlo.

—¿Te importaría si te dibujo? —pregunto, y me quito la mochila del hombro y busco un recodo entre dos raíces del árbol en donde sentarme. No tengo ningún apuro en llegar a la escuela—. Puedes seguir desayunando.

—Me parece bien —responde la cierva, y baja la cabeza para arrancar otro trozo de hierba de la tierra.

Un conejito marrón salta de detrás del árbol y me da un empujoncito en el brazo con su hocico inquieto.

—Si me quedo cerca de ti, ¿no vas a dejar que me atrape? ¿Me vas a mantener a salvo?

—Eh, seguro, supongo —digo, y paso las páginas de mi cuaderno de dibujo mientras el conejo tembloroso se acurruca contra mi pierna.

—Me gusta ese —dice, y asiente mirando uno de mis dibujos. Su cola de algodón no para de moverse.

Miro el boceto de una cabra montés encaramada en lo alto de una roca que cubre la página. La cabra tiene la cabeza inclinada hacia el cielo y la boca abierta a más no poder.

—Ese lo dibujé en Colorado. Mis padres me llevaron al pico Pikes cuando mi papá regresó de Iraq. ¿Sabías que algunas cabras monteses le tienen miedo a la altura? Esa chilló todo el tiempo que la dibujé.

El conejo patea el suelo con fuerza.

Paso a una página en blanco y un papel se cae de mi cuaderno de dibujo. Lo abro y sonrío. *El desafío del primer día* está escrito en la parte de arriba en letras mayúsculas, con más signos de exclamación de los que son humanamente posibles. Mi mamá hace esto todos mis primeros días de escuela. Le echo un vistazo a la página y leo: *Preséntate a tu maestra: 20 puntos* y *Abre tu casillero en menos de un minuto: 50 puntos*. Mi mamá dice que si me comporto durante los primeros días de escuela como si estuviera en un videojuego, serán más fáciles.

No tengo corazón para decirle que no puedes regenerar en la vida real si te mueres por comer salchicha de carne misteriosa en la cafetería: treinta puntos.

Paso la mano por encima de la página del cuaderno y comienzo a dibujar la forma general del cuerpo de la cierva, sin molestarme por que las líneas queden bien delineadas.

—¿Quieres que te ponga más músculos? ¿Qué te parece un enorme par de alas? —le pregunto a la cierva, haciendo una pausa en el dibujo—. Puedo dibujarte tal y como tú quieras.

La cierva me mira y pestañea con sus grandes ojos marrones.

—Creo que soy perfecta tal y como soy.

—Vaya, yo creo que su ego es tan grande como sus astas —dice el conejo, rascándose detrás de las largas orejas.

—Ella no tiene astas.

—Oh, es cierto. —El conejo levanta la vista hacia mí—. Si te concentras en ese dibujo un poco más te vas a destrozar el labio.

Sonrío, convencido de que hay una marca de dientes en mi labio inferior.

—Perdón. Solo pensaba en tener que empezar la escuela una vez más. Trataba de decidir quién quiero ser en esta ocasión.

—¿El payaso de la clase? —sugiere el conejo.

—Ya lo intenté. Agota después de un tiempo.

—Tú pareces medio holgazán —dice la cierva, levantando la cabeza—. ¿Y eso qué tal? Podrías no hacer las tareas y quedarte dormido en todas las clases.

—Probablemente no. —Me río—. Una llamada a mi mamá y eso se me acabaría bien rápido.

Pienso en mis opciones. Cuando fui a la escuela

cerca de Fort Lewis en Washington, decidí que sería un atleta. Jugué en el equipo de fútbol y me puse una sudadera de los Seattle Seahawks para ir a la escuela todos los días. Para el momento en que la gente se dio cuenta de que yo era un futbolista terrible y que jamás había mirado un partido de fútbol americano en la cancha del Century Link Field, mi mamá y yo ya íbamos rumbo a Fort Campbell. En Kentucky, fingí que solo sabía hablar alemán. Esto no duró mucho, ya que solo me sé cinco palabras. Por suerte, tampoco duró mucho nuestra estancia allí.

—Supongo que simplemente podría ser yo mismo —les digo al conejo y a la cierva—. Eso sería original.

—¡Un muerto viviente! —Escucho un chillido que viene de lo alto y veo que Cuervito ha regresado a importunarme.

—Pensaba que te daba demasiado miedo volar a través del bosque —digo, intentando provocarlo.

—Solo vine a ver qué tal te iba. No puedo dejar que faltes a tu primer día de clases, ¿no es cierto?

Suspiro.

—He tenido demasiados primeros días de clases. Créeme, no es tan importante.

—Oh, ¿en serio? —Cuervito se posa en el pie que

he estirado en la hierba. El conejo se acurruca detrás de mi brazo.

Cierro de golpe mi cuaderno de dibujo.

—El ejército no se pone a esperar a que termines el año escolar para mudarte. Así que nos hemos mudado un par de veces en medio del curso escolar. Eso quiere decir que he tenido nueve primeros días de escuela. Hoy es el número diez.

—No te creo. —Cuervito me picotea el cordón del zapato.

Respiro profundamente y alzo las manos.

—Fui a kindergarten y primer grado en Fort Benning, Georgia —digo, levantando dos dedos—. Lo próximo fue parte de segundo grado en Fort Carson, Colorado.

—Eso es tres primeros días de escuela —dice el cuervo.

—No he terminado. El resto de segundo grado y tercer grado fue en Fort Lewis, Washington. Luego, cuarto grado y parte de quinto fue en Fort Campbell, Kentucky.

—Oyeee, ya vamos por siete primeros días.

—No tenía idea de que los cuervos sabían contar —se burla la cierva.

—El último mes de quinto grado y los primeros dos meses de sexto grado fueron en Fort Hood, aquí en Texas.

—¡Nueve! ¡Ya vamos por nueve!

Levanto los diez dedos.

—Y ahora, mi primer día en New Haven.

—Estás haciendo que me canse, muchacho —dice la cierva.

Asiento con la cabeza, deslizo mi cuaderno de dibujo en la mochila y me meto la brújula de mi papá en el bolsillo. Me sacudo la tierra de la parte trasera de mis *jeans* y algo de un rosado brillante junto a la raíz de un árbol me llama la atención. Hay dos etiquetas plásticas con los números tres y ocho en ellas. No estoy seguro de qué son, pero me las meto en el bolsillo para que me sirvan de recuerdo de mi primer día en el bosque.

El conejo da saltitos a mi lado mientras camino por el trillo.

—Primer día. No es fácil. Cerciórate de que tengas los zapatos abrochados y el zíper cerrado.

Hago un gesto con la mano, como si no importara el comentario del conejo, pero rápidamente bajo la vista para revisarme los *jeans*.

Todo en orden.

—No, no —chilla Cuervito desde arriba, sobrevolando por encima de nosotros—. Tiene que encontrar al tipo más alto y más feo de la escuela.

—¿Y...? —pregunta la cierva, siguiéndome los pasos.

—¡Y darle un puñetazo en la nariz! —Cuervito hace una pirueta y se posa en el lomo de la cierva, que corcovea con las patas traseras y lanza al cuervo de vuelta por los aires.

—No le hagas caso —dice la cierva—. Solo siéntate en la primera fila en cada clase y levanta la mano cada vez que una maestra haga una pregunta. Incluso si tienes que levantarte del asiento y mover las manos como un loco. Confía en mí.

Los animales en New Haven están tratando de que me maten.

Cuervito se tira en picado hacia la cierva y parece una mancha de plumas negras.

—No, él tiene que esperar a que la clase esté completamente silente. Que no hable nadie. Que nadie casi ni respire. —Vuela hacia arriba y extiende las alas y planea en círculos por encima de nosotros.

Suelto un suspiro.

—¿Y?

—¡Y te tiras tremendo peo!

Con un quejido, apuro el paso rumbo a la escuela, con mi séquito de animales que me sigue y me ofrece consejos que me garantizarían un mes completo de detención.

# CAPÍTULO 3

**SEXTO GRADO EN MI SEXTA ESCUELA.** Un laberinto de casilleros oxidados, puertas que chirrían y losas del techo manchadas de un marrón dudoso.

Por fortuna, la mayoría de las escuelas en Estados Unidos lucen exactamente igual. Pensarías que son prisiones hasta que notas los columpios y los juegos detrás del tedioso edificio de ladrillos marrones con pequeñas ventanas.

El desteñido letrero afuera de la secundaria de New Haven dice que la escuela es EL HOGAR DE LOS

ARMADILLOS GUERREROS. La única guerra de un armadillo que yo he visto es contra un camión en la auto-
pista.

Y por lo general no la gana.

A pesar de mi exceso de confianza, pronto me
doy cuenta de que las aulas en la secundaria de New
Haven deben haber sido enumeradas con un cañón
de confeti. La clase de Inglés de mi primer periodo se
supone que sea en el aula 17, pero al caminar por el
pasillo paso el aula 11, el aula 3 y el aula 19.

En ese orden.

Intento recordar el mapa que me dio la secretaria
de la escuela, doblado en mi bolsillo trasero, pero no
quiero tener que sacarlo. Quizás debería anunciar por
los altavoces: "¡Niño nuevo perdido y vagando por los
pasillos!".

Los niños que pasan a mi lado están demasiado
ocupados conversando y sonriendo camino a clases.
Parece que nadie me nota. En todas mis otras escuelas,
al menos un niño me echaba una mano el primer día.
Cuando comencé el segundo grado en Fort Lewis, en
Washington, Jacob Kilmer se pasó toda la mañana
enseñándome el centro de actividades en el aula y
contándome cuentos espectaculares acerca de los

maestros de Arte, Música y Educación Física. Con el tiempo, se cansó de mis preguntas y fingió que yo era invisible. Tampoco me habría servido de mucho, pues un día después me enteré de que Jacob había llegado a Fort Lewis tan solo una semana antes que yo... así que todo lo que me había dicho era incorrecto.

Por fin encuentro mi clase de Inglés por accidente, pero mi vejiga nerviosa me dice que en lugar de entrar al aula vaya al baño de los niños. Hay una pequeña posibilidad de que anoche me haya confiado demasiado, roncando a pierna suelta bajo mi recién desempacada colcha, con las cajas de cartón forzando a los muelles del colchón a que me hincaran a través de la cama.

En Inglés, Matemática e Historia, los maestros hacen que me ponga de pie en frente de toda la clase y me presente. En vez de eso, considero brevemente hacer sonar la alarma de incendios, pero pienso que al menos mi mamá estará orgullosa de que me gané algunos puntos.

Mis presentaciones son recibidas con saludos desganados y murmullos de niños encorvados en sus escritorios. Probablemente pude haber anunciado que era el Señor Peoz Húumedos y haber venido a la escuela montado en una llama sin que nadie lo notara.

Después del almuerzo, me siento en mi clase de Ciencias y me distraigo mientras la maestra da su sermón acerca de cómo calcular la densidad. Dibujo a Cuervito en mi cuaderno, haciendo un intento por captar el matiz de negro correcto de sus ojos. Un tono de negro que dice a las claras: "he hecho que la misión de mi corta vida sea enojar tanto como pueda al muchacho nuevo".

Por lo visto, me estoy concentrando más en mi dibujo que en dividir masa por volumen. La maestra de Ciencias, la señorita Humala, está parada frente a mi escritorio inclinando su largo cuello. Sus largas uñas rojas se retuercen, como si quisiera arrebatarme el dibujo y estrujarlo hasta convertirlo en una pelotica.

—Señor, eh... —Hace una pausa mientras busca mi nombre en su cerebro—. Señor López, usted de verdad tiene que prestar atención. Enfóquese, por favor.

Chasquea los dedos y regresa al frente del aula.

Yo vuelvo a mi dibujo, pero levanto la cabeza periódicamente para cerciorarme de que la señorita

Humala no esté a punto de asaltarme con sus escupidas para llamar mi atención. Estoy sentado en la última fila, así que es fácil echarle un ojo a todo. Cuando entré al aula después del almuerzo, escaneé el salón y escogí un asiento al fondo, como siempre. Supuse que le hacía un favor a la maestra. De ese modo, no tendrá un asiento vacío en medio del aula cuando yo me vaya de nuevo.

—Oh, mira, tenemos un artista en la clase —dice una voz a mis espaldas—. Tan solo no me acaricies ni me cargues, ni me traigas las sobras de las papas del almuerzo en la cafetería, por favor.

Me doy la vuelta y veo una jaula enorme en una esquina del salón de clase. De una hamaca de tela azul colgada entre dos esquinas de la jaula se asoma una pequeña chinchilla gris.

—No tendrás que preocuparte por mí, mi socio. No voy a estar aquí mucho tiempo —susurro.

—¿Me entiendes? Bueno, no vayas por ahí a ponerte a hablar con cualquier animal. Sobre todo con animales que no conoces —dice la chinchilla, con las garritas aferrándose al borde de la hamaca mientras sus grandes ojos negros se asoman por encima de la tela.

Entre los intentos del cuervo, la cierva y el conejo de darme consejos en mi primer día de escuela, me parece bien no hablarle a ningún otro animal, muchísimas gracias.

La señorita Humala suelta un sonsonete acerca de **MOVED**, las siglas para calcular la densidad. Ya me sé eso de que la **M**asa dividida p**o**r el **V**olumen **e**s igual a la **D**ensidad porque mi maestra de Ciencias en Fort Hood ya lo enseñó el mes pasado. Esto me pasa muchísimo. O ya aprendí lo que la maestra está impartiendo o la clase está cinco capítulos por delante de dónde me quedé en mi escuela anterior.

Dibujo una burbuja de pensamiento encima de Cuervito en mi cuaderno y esto es lo que piensa: "*MOVED... otra vez. MOVED... otra vez*". La fórmula bien podría ser: Mudarme Otra Vez Es un Desastre. Tampoco es que mudarme una y otra vez sea siempre un desastre total. Es más como un tornado que sabes que te va a impactar directamente al menos cada dos años al arrancarte de raíz y lanzarte por los aires a un sitio completamente nuevo en contra de tu voluntad.

Así que, ya sabes, un desastre.

Noto al niño a mi lado, con los párpados que se le

cierran mientras el lápiz se le desprende de la mano y rueda por el escritorio. No tiene ni idea de los tres guisantes que se anidan en su pelo negro rizado. Escucho que alguien se ríe entre dientes y resopla a mi derecha, y veo que se trata de un niño pecoso con la cabeza rapada. Tiene cuatro guisantes en su escritorio, uno al lado del otro, y fuera del alcance de la vista de la señorita Humala, listos para ser lanzados al dormilón.

Conoces a muchos niños cuando asistes a diferentes escuelas. Pero sin importar la escuela, siempre se dividen en los mismos grupos. Están los que se meten los dedos en la nariz, los que se ponen a hiperventilar al levantar la mano en clase y los atletas olímpicos de Educación Física.

Por lo visto, en la secundaria de New Haven también hay cuenta con un tira-guisantes.

Ya había notado al lanzador de vegetales cuando entré al aula por sus pantalones de camuflaje y una insignia del Tercer Regimiento de Fort Hood en la mochila. Pensé sentarme a su lado, creyendo que había encontrado a otro niño del ejército, pero entonces me di cuenta de que su camuflaje azul con franjas de tigre era de la Fuerza Aérea y la insignia en la mochila era azul con un gran 1 rojo de la Primera División de la Marina. A nadie en su sano juicio se le ocurriría mezclar el ejército, la fuerza aérea y la marina. Seguramente había comprado todo eso en una tienda de excedentes militares.

La única cosa más fastidiosa que ser *en verdad* un niño del ejército es la gente que finge ser militares. Mi papá dice que ser un soldado es mucho más que llevar una pistola y vestirse de camuflaje. Él siempre niega con la cabeza al ver a los hombres que "juegan a ser soldados".

Por haber sido el niño nuevo en cinco ocasiones, ya he sufrido mi cuota de bravucones y matones. Le doy una patada al escritorio del niño dormido, y este se espabila, bosteza y se restriega los ojos. Me mira a través de sus ojos entrecerrados mientras me peino con los dedos para que se dé cuenta de lo que tiene en la cabeza.

Entonces la sacude y los guisantes caen al piso. Noto que el tira-guisantes me hace una mueca, y me encojo de hombros. El niño medio despierto murmura "gracias" y recuesta la barbilla en su mano. La señorita Humala recita que "la masa dividida por el volumen es igual a la densidad" una y otra vez, y los párpados comienzan a cerrársele nuevamente al dormilón.

Al frente del aula, la maestra da unas palmadas; sus largas uñas rojas parecen garras sangrientas.

—Bueno, agrúpense en parejas y practiquen calcular la densidad con su compañero.

Suelto un gemido. La cosa absolutamente favorita de cualquier niño nuevo: encontrar un compañero de trabajo el primer día de escuela. Escaneo el salón de clase. El tira-guisantes es un no seguro; todavía me mira con mala cara; sus pecas parecen feroces meteoros rojos. Una niña está sentada frente a mí, pero está inclinada sobre sus papeles mientras sus lágrimas gotean sobre las ecuaciones. No pienso que deba importunarla. Todos los demás en la clase parecen haber encontrado pareja más rápido que los adolescentes babosos en el baile de fin de curso.

Tamborileo en mi escritorio con los dedos manchados de tinta, esperando resolver los problemas por mí mismo. Entonces, siento un jaloncito en el brazo y el niño soñoliento señala con la cabeza hacia el pizarrón.

—¿Quieres? —pregunta.

Me encojo de hombros. Miramos los seis problemas

en la pizarra. Los niños a nuestro alrededor escriben en sus papeles y discuten con sus compañeros de trabajo acerca de las respuestas correctas.

Mi compañero respira hondo.

—¿Cuánto te dio? —dice.

No quiero lucirme, pero a mí no me hacen falta lápiz y papel para resolver problemas.

—Treinta y dos, cincuenta y cinco punto veinticinco y cincuenta y cuatro —digo, respondiendo las primeras tres preguntas.

El niño alza los brazos por encima de la cabeza y hace girar el lápiz en sus largos dedos.

—Veintisiete, setenta y dos y dieciséis punto cinco —dice con una sonrisa en respuesta al segundo set de problemas.

Me río entre dientes.

Mi compañero se inclina sobre mi escritorio y mira el cuaderno de dibujo.

—¡Guau, ese te quedó buenísimo!

Quiero decirle que lo dibujé de la vida real y preguntarle si todos los cuervos en New Haven son tan fastidiosos, pero ya bastante tengo en mi contra por ser el niño nuevo. No tengo ninguna necesidad de sonar incluso más raro.

—Gracias —respondo. Añado unas cuantas plumas de más a las patas del cuervo en mi página.

—Nuevo, ¿no? —pregunta el niño—. Me llamo Talib.

Me saluda débilmente con la mano. Veo que tiene curitas en tres de los dedos.

—Yo soy Néstor —digo. Echo un vistazo alrededor y noto que el resto de la clase aprieta furiosamente los botones de sus calculadoras—. Me mudé aquí de Fort Hood.

—¿Estás en el ejército? —pregunta Talib mientras pone su calculadora boca abajo, intentando escribir palabras con los números.

—Mi papá. Es especialista de artillería en desmantelamiento de explosivos. —Noto que Talib se asombra, y le explico—: Eso quiere decir que desarma bombas.

—¿Y ahora mismo... está trabajando?

Suspiro. No me queda más remedio que contestar.

—Sí, está en Afganistán.

Siempre hay un silencio incómodo después de eso. Una excusa murmurada antes de que me vuelva a quedar solo y por mi cuenta.

Pero Talib suelta la calculadora y susurra:

—¿Es cierto que las bases militares tienen una red de túneles para trasladar a extraterrestres secuestrados?

—No lo creo.

—¿Tú puedes comprar lanzacohetes en el supermercado?

—Por lo general ya los han vendido todos. —Sonrío con satisfacción.

—¿Los de kindergarten no tienen que completar un entrenamiento de supervivencia en la naturaleza?

—A mí me dieron una cinta azul en la torre de la muerte, un campo de obstáculos con cuerdas altas, cuando tenía seis años —digo, conteniendo la risa—. El ejército te debería contratar para que le escribas los panfletos de reclutamiento.

Talib da un manotazo en su escritorio y se ríe, lo que nos gana una severa mirada de la señorita Humala.

Señalo las curitas en los dedos de mi compañero.

—¿Intentas domesticar un tigre? —pregunto.

Talib sonríe levemente y se pasa los dedos por el pelo. Otro guisante cae al suelo, y él suspira.

—¿Yo? No, para nada. Mi perro se escapó hace un par de noches y lo he estado buscando en el bosque.

Hay muchas espinas por ahí. —Suelta una risita nerviosa y añade—: Sí, espinas.

Le estoy enseñando a Talib algunos de mis otros dibujos, saltándome la página de mis días en New Haven, cuando se encoge de pronto.

—¡Ey! —exclama.

Se pasa la mano por la nuca y revela unos dedos cubiertos de natilla de azúcar y mantequilla.

El tira-guisantes ha subido de categoría. Le suelta una risotada a Talib, mostrando dientes torcidos y labios cuarteados.

Talib mira al frente del aula, pero la señorita Humala no se da por enterada. Está inclinada sobre el escritorio de un estudiante y murmura:

—¡Masa dividida por volumen, no volumen dividido por masa! ¡Por quinta vez!

La niña que lloraba delante de mí, María Carmen, creo, le pasa un pañuelo de papel a Talib, y luego vuelve a comenzar a hablar bajito con la niña que está a su lado.

—Nos despertamos esta mañana y todas las cabras habían desaparecido. Cuando les di de comer anoche estaban bien. Lo único que encontramos fueron huellas que conducían hacia los árboles. Yo sé que eso todavía está allá afuera, esperando para llevarse algo más. No volveré a atravesar el bosque nunca más. —Escucho que María Carmen susurra.

Se saca algo del bolsillo y se lo muestra a la niña. Una reluciente etiqueta rosada con el número cinco. Es igual a las que me encontré en el bosque, excepto que esas tenían un tres y un ocho. Todavía no estoy seguro de lo que son.

Mi primer día de escuela me ha hecho aterrizar en un tornado de rarezas.

—Ese es Brandon —dice Talib, señalando con la cabeza al tira-guisantes mientras se quita la natilla de la nuca—. No soporto a ese cavernícola.

—Anjá, tampoco tiene un rango muy alto en mi lista. —Tal vez en una lista de a quién me gustaría que lo picotearan los cuervos, pero no le menciono eso a Talib.

Cierro el cuaderno de dibujo y siento que dos pegotes húmedos me dan en la mejilla y en la frente.

Brandon suelta una risotada y da una palmada. Me quito de la cara tanto como puedo de la pegajosa natilla y la embadurno en mi hoja de ejercicios, que está en blanco.

Los primeros días en una nueva escuela son tan

inverosímiles como encontrarte un clavo en una hamburguesa, pero este lanza-natilla, tira-guisantes y aspirante a soldado está haciendo que hoy sea uno de los peores primeros días de escuela que he vivido.

—¡Caballeros! ¿Y aquí qué está pasando? —dice la señorita Humala, parándose frente a Talib y mirando primero hacia el lanza-natilla y luego, hacia mí.

—La guerra de la natilla —digo entre dientes.

La señorita Humala me mira.

—Más te vale ir al baño a limpiarte —dice, antes de dirigirse a Brandon.

Parece más enfadada porque yo haya llenado de natilla su preciosa hoja de ejercicios que con el hecho de que me la haya lanzado un desertor de un campo de entrenamiento militar en medio de su salón de clase.

Miro con desprecio los pantalones de Brandon mientras camino hacia la puerta.

—Disparo al sujeto —murmura, y me mira con desdén.

—Es "disparo al objetivo", idiota —murmuro.

¿A qué clase de pueblo endemoniado me ha arrastrado mi mamá? ¿Y cómo puede vivir aquí mi abuela?

Entre los asaltos con natilla, los cuervos fastidiosos y lo que sea que está en el bosque que tiene a Talib y a María Carmen aterrados, lamento haber corregido a mi mamá cuando se equivocó de salida en la carretera interestatal. Debí haberla dejado que siguiera manejando directo hasta México.

# CAPÍTULO 4

**SSP. SSF.**

Siempre Sé Positivo. Siempre Sé Feliz.

Mi mamá me hizo repetir estos dos mantras hace tres o cuatro misiones. No importa que hoy me haya quedado en blanco cuando mi maestro de Matemáticas me preguntó de dónde soy. No importa que mi mamá haya perdido la mitad de los platos de cocina cuando una caja se cayó del camión de mudanzas a la carretera. Mientras mi papá está al otro lado del mundo, en lo que a él le concierne, por acá todo está bien.

Sé que cuando mi papá está en una misión, se ve a sí mismo como un soldado, un esposo y un padre, en ese orden. Tiene que hacerlo para poder hacer su trabajo. Y mi mamá dice que tenemos que ayudar a que él haga su trabajo de la mejor manera posible.

Pero a veces es bastante difícil ser su última prioridad.

Termino de escribirle un *email* en el que le cuento de Talib y no le menciono al bravucón lanza-natilla y aspirante a soldado. O que los niños parecen aterrados de algo que hay en el bosque. Hasta donde él sabe, New Haven es un pueblito aburrido sin animales fastidiosos o amenazas misteriosas que acechan detrás de los árboles.

Bueno, la mitad de eso es verdad.

Cierro la *laptop* y bajo a la cocina. El olor de los pastelitos de guayaba me llena las fosas nasales. El estómago me recuerda que me salté los cuestionables burritos de frijoles que sirvieron hoy en la cafetería de la escuela.

—Ay, créeme. No les hace falta más vinagre, chica? —escucho que dice mi abuela.

Doblo la esquina y me encuentro con ella en una cocina vacía.

¿Con quién hablaba?

Agarro un plato y pongo tres pastelitos en él. Llenarme de los pasteles de guayaba de mi abuela me ayuda a olvidar que mi mamá me ha mudado a un pueblo inexistente en el que los bravucones te tiran los postres que no se quieren comer y los bosques se tragan a las mascotas. El pegajoso pastel cruje en mi boca mientras el relleno de guayaba se sale por los lados.

—¿Quién piensa que a tus frijoles les hace falta más vinagre, Buela?

Mi abuela levanta las manos.

—Yo he hecho frijoles negros toda mi vida. Sé cuánto vinagre les hace falta. Ella debería meterse... Ay, no importa.

Bueno, eso no condujo a ninguna parte.

—Oye, niño—dice mi abuela—. Tráeme un pozuelo para los frijoles.

No tengo idea de dónde pone nada en la cocina, así que empiezo a abrir gavetas. En una de abajo, al lado del refrigerador, veo tres pequeñas etiquetas rosadas con los números dos, siete y nueve en ellas.

Son iguales a las que me encontré en el bosque y a la que la niña tenía en la clase de Ciencias.

¿Por qué mi abuela tiene estas?

Por fin encuentro un pozuelo y se lo entrego. Mi abuela comienza a canturrear "Azúcar negra", de Celia Cruz, mientras revuelve los frijoles en el fogón. Sus chancletas marcan un montuno en el piso, y ella enfatiza la canción con un giro del cucharón cada vez que los frijoles comienzan a hacer burbujas en la cazuela. Me siento a la mesita de la cocina y veo un dibujo enmarcado de un conejo que sostiene un ramo de flores cerca del fogón. Debajo del dibujo, garabateado en crayola azul, dice: *Feliz día de las madres. Te quiero por siempre. Tu hijo, Raulito.*

No le hago caso a que el conejo que mi papá dibujó parece el resultado de un experimento radioactivo. Me parece tierno que mi abuela haya enmarcado esa tarjeta que él le hizo por el día de las madres. Yo le he dado a mi mamá un montón de dibujos a lo largo de los años, pero ella nunca los ha colgado. Seguramente se deba a que sería otra cosa más que tendría que empacar cuando nos mudemos de nuevo.

Mi mamá viene de la sala y se deja caer a mi lado en la mesa, desinflándose con un profundo suspiro. Arquea la columna y se estira. Con todas las misiones de mi papá, ha mudado nuestras pertenencias por sí sola en cinco ocasiones. Si fuera una súper héroe, sería La Empacadora, más rápida que los trabajadores de mudanza, capaz de saltar por encima de cajas gigantescas de un salto.

Pongo un pastelito en un plato y lo deslizo hacia mi mamá, que me echa el brazo por encima y me aprieta el hombro.

—¿Tú sabes que a tu papá no le gusta la guayaba? —dice, y una vez más frota con el pulgar el anillo de matrimonio de mi papá que le cuelga del cuello—. Ese hombre está loco. Al menos yo sé que tú pondrás tu plato en la fregadora una vez que termines. A diferencia de él.

—Él no es tan desorganizado —digo, negando con la cabeza.

—¡Ah! Así que no es tan desorganizado. Uno pensaría que un militar sería mejor a la hora de tender la cama o doblar la ropa.

Miro a mi abuela y ella le suelta una sonrisa compasiva a mi mamá.

Aplasto con el dedo las migajas del pastel en mi plato. Mi mamá hace lo mismo en cada misión. Siempre pasa por una fase en la que se queja de mi papá, como si estuviera brava con él, pero yo sé la verdad.

A veces duele demasiado echar de menos a alguien, así que intentas convencerte de que no te hace falta. Y si tratas de no querer tanto a esa persona, te dolerá menos su ausencia cuando no esté.

Por lo general no funciona.

—¿Y tu primer día? ¿Cómo te fue? —pregunta mi abuela, cambiando de tema.

—Más o menos como los otros nueve que ya he tenido —miento. Aunque esta fue definitivamente la primera vez que me lanzaron natilla a la cara. ¿Cuántos puntos me tocan por eso?

Mi mamá me mira e inclina la cabeza, confundida.

—¿Diez primeros días de escuela? ¿Realmente han sido tantos?

Echo mi plato a un lado.

—Sí. Y esta vez ni siquiera fue culpa del ejército. Tú y papá decidieron que nos mudáramos cuando no teníamos que hacerlo.

Mi abuela deja caer los hombros y me arrepiento de mis palabras inmediatamente. Estoy feliz de que estemos con ella. Estoy feliz de que mis padres decidieran que podíamos vivir aquí en lugar de en una base militar. Es solo que me parece que ellos no entienden lo tedioso que es tener que empezar de nuevo.

—Bueno —dice mi mamá, sacudiéndose las migas de las manos—, vamos a tomarnos un décimo selfi del primer día de escuela para tu papá. Apuesto a que te ganaste mil puntos en mi desafío.

Ni me molesto en corregirla y decir que fue más bien menos cincuenta puntos.

Mi mamá se saca el teléfono del bolsillo trasero y toma una foto. Intenta que los pastelitos salgan en la foto, pero termina cortándonos las cabezas a la altura de la nariz. Solo se ven nuestras bocas cubiertas de migajas y los pastelitos de guayaba.

Me aclaro la garganta.

—Buela, ¿hay muchos animales en el bosque detrás de la casa? Tú sabes... como ¿de los que meten miedo? —Suelto una risita nerviosa.

Mi mamá levanta la vista del teléfono.

—¿Y tú no estás ya bastante mayorcito para tenerles miedo a los animales? Yo pensaba que los niños de doce años no le tenían miedo a nada.

—No, es que los niños de la escuela estaban hablando del bosque. Hay uno que perdió a su perro y esta otra niña perdió... ¿sus cabras, me parece?

Mi abuela parece atorarse con su propio aliento y comienza a toser.

Mi mamá alza las cejas.

—¿Cabras?

—Cariño, esto es Texas —dice mi abuela, y señala al patio trasero con el cucharón—. Mi peluquero va con un rifle de caza al supermercado. ¿Y el banco? El banco rifó una escopeta de cartuchos que ganó un niño de nueve años. Definitivamente no hay animales locos en el bosque. Los habrían destruido por completo. Ya tú sabes —dice, dando una palmada.

Mi mamá me pone la mano en la espalda.

—¿No crees que estaban inventando historias para el niño nuevo? Tú sabes, como en Kentucky.

Me encojo de hombros. Talib en realidad parecía buena gente.

—Espero que no.

Antes de que mi mamá pueda responder, tocan a la puerta trasera. Mi abuela va arrastrando los pies para responder.

María Carmen, la niña que estaba llorando en la clase de Ciencias, está parada en nuestro portal.

—¿Aquí vive Néstor? Usted sabe, ¿el niño de la natilla?

—¿El niño de la natilla? ¿He estado en este pueblo

exactamente tres días y ya tengo un nombrete? —murmuro entre dientes.

—¿Quién? —Mi mamá me mira confundida.

Mi abuela se aparta y le indica con la mano a María Carmen que entre a la casa, y me hace un guiño. Su pelo tan negro como la tinta está recogido en seis trenzas que le caen por la espalda. Ya no tiene los ojos aguados, así que supongo que dejó de llorar.

—Deberías unirte a nuestro club de conocimiento general. Se reúne en el aula de la señorita Humala durante el almuerzo —dice, y pone un volante en la mesa. Está cubierto de una caligrafía meticulosa y los bordes están decorados con leones, tiburones, águilas y llamas. No están nada mal.

Una sonrisa crece en las comisuras de los labios de mi abuela. No me gusta el modo en el que mi mamá mira de María Carmen a mí y luego a mi abuela, con una sonrisita.

Bajo la vista a mi plato vacío, incapaz de distraerme con comida.

—¿Y qué te hace pensar que debo estar en el club de conocimiento general?

María Carmen se alisa una de las trenzas con la palma de la mano.

—Porque hoy en la clase de Ciencias respondiste correctamente todas las preguntas de la señorita Humala entre dientes. Yo te escuché.

Me atraparon.

Mi mamá me mira y niega con la cabeza.

—Él nunca participa. Lo dicen todos sus maestros.

Sí, mamá, no lo hago. Levantar la mano y gesticular descontroladamente va en contra de mi plan de "volar por debajo del radar".

María Carmen se pone las manos en la cintura y taconea con el zapato.

—Bueno, ¿te vas a unir o qué?

Mi mamá me da un empujoncito.

—Deberías unirte, Néstor. Tú y tu papá siempre se están haciendo preguntas.—Se vuelve hacia María Carmen—. Se pasan la vida haciéndose preguntas de conocimiento general.

Ya entendimos, mamá. El problema de ser hijo único con un padre que está en una misión es que tu mamá enfoca toda su atención en ti.

—Creo que ya está decidido. Te vas a unir al

club —dice mi abuela, y me señala con el cucharón. La cara que me pone indica que el asunto no está sujeto a debate.

Mi mamá me da un beso en la frente y se levanta de la mesa.

—Me parece fabuloso —dice—. Me tengo que ir. ¡No quiero llegar tarde en mi primer día!

Mi mamá sale de la casa, vestida con su uniforme quirúrgico azul claro. Es enfermera de cuidados intensivos en un hospital en Springdale, a unos pueblos de aquí. Hasta ahora siempre había trabajado de enfermera en las bases militares, así que esta será la primera vez que tenga que viajar al trabajo. Estoy seguro de que se va a sacar un selfi frente a su hospital para enviárselo a mi papá.

—Entonces, tú por lo general no te unes a ningún club, ¿no es así? —pregunta María Carmen. Mi abuela le da un plato con dos pastelitos y le brinda una silla.

Me encojo de hombros.

—En verdad, no. No desde que me uniera a un equipo de fútbol cuando vivimos en Fort Lewis, en Washington.

—¿Qué pasó?

—Practiqué durante horas, pateando la pelota

contra un costado de la casa. Volví loca a mi mamá. Miré prácticas de fútbol en YouTube cada noche.

—¿Y?

—Nos mudamos antes del primer partido.

María Carmen me suelta una sonrisa compasiva.

—Bueno, míralo de este modo. El club de conocimiento general te permitirá escapar de Brandon.

Mi abuela deja de atender la cazuela de frijoles que hierve en el fogón y se vuelve hacia nosotros.

—¿Quién es ese Brandon?

Fulmino a María Carmen con la mirada y niego con la cabeza. A mi abuela no le hace falta saber acerca del lanza-natilla.

—Nadie, Buela. Solo un niño de la escuela.

—Por supuesto que nadie. Estoy convencida —murmura, sentándose con nosotros.

—Gracias por los pastelitos, señora López. Usted hace los mejores que haya comido.

Mi abuela se enorgullece y le da un apretoncito en la mano a María Carmen.

—No te preocupes, mi niña. Van a averiguar qué les pasó a tus cabras. Todo va a estar bien.

María Carmen baja la cabeza.

—Lo sé. Gracias.

Se saca una etiqueta rosada del bolsillo y la pone en la mesa.

—Tan solo quisiera saber qué se las llevó.

Mi abuela no responde, así que señalo las etiquetas y pregunto:

—¿Y eso qué es?

María Carmen frota la etiqueta con el pulgar.

—Es una etiqueta de oreja. Se las ponemos a las cabras para mantener un registro de ellas.

No le digo a María Carmen que he encontrado dos de ellas en el bosque. Ya parece bastante asustada de lo que pueda andar por allá afuera. Y de ningún modo le digo que mi abuela tiene otras tres en una gaveta de la cocina.

De repente, María Carmen echa la silla hacia atrás y se pone de pie.

—Yo... me tengo que ir.

Mi abuela y yo la acompañamos hasta la puerta.

—Por favor, no le diga a mi mamá que estuve aquí —le dice a mi abuela.

Las miro a las dos inquisitivamente, pero no me aclaran nada.

Salgo y veo a María Carmen desaparecer calle arriba, y me pregunto qué habrá pasado con las cabras y por qué su mamá no querría que ella viniera a nuestra casa.

Cuervito, posado en una rama del patio, chilla por encima de mí.

—¡Así que sobreviviste a tu primer día! ¡Y ya tienes novia!

Da saltitos de un lado al otro de la rama.

—Las cosas pintan bien para ti, muchacho —grazna.

Considero hacerle un gesto grosero, pero cambio de opinión.

—Más te vale irte —susurro, preocupado de que mi abuela me escuche discutir con la fauna local—. Tengo un límite para los comentarios fastidiosos de cuervos.

Cuervito chilla y bate las alas, haciendo que el sonido reverbere a través del aire del atardecer.

—Pero tu abuela dijo... Bueno, no importa.

Doy un pisotón en el suelo.

—¿Qué dijo?

Cuervito me ignora y se lanza en picado a picotear uno de los tomates de mi abuela. Luego se eleva por los aires y se interna en la noche, pero no sin antes hacerse caca encima del gnomo del jardín.

Regreso a la casa y pongo la mesa para la cena. Mientras coloco el segundo plato, un ruido en el patio me llama la atención. Me asomo por la ventana y veo a mi abuela. Camina rumbo al bosque con un cuchillo grande en la mano.

# CAPÍTULO 5

**EL PRIMER ANIMAL QUE ESCUCHÉ HABLAR** fue a una conejilla de Indias blanca y negra llamada señora Panqueque. Vivía en una gran jaula azul en la guardería a la que mi mamá me llevaba cuando trabajaba en el hospital en Fort Benning, en Georgia. Le di a la señora Panqueque mis galleticas de Goldfish y unos pedazos de pretzel duro.

—Dame más, niño. Dame más —dijo la señora Panqueque, meciéndose sobre el lomo y frotándose su gran barriga peluda.

La primera vez que la conejilla de Indias me habló,

pensé que me lo estaba imaginando. Yo tenía una imaginación bastante hiperactiva por aquel entonces. Pero esta conejilla de Indias me miró fijamente y me propuso un trato:

—Tú me traes golosinas que me cubran hasta el hocico y yo me haré caca en ese mocoso que acapara los juguetes y que te sigue mordiendo.

Así que a los cuatro años me di cuenta de que podía oír hablar a los animales e inmediatamente comencé un negocio como un niñito ladrón de golosinas.

Nunca les dije nada de eso a mis padres. Mi papá casi siempre está a miles de millas de distancia, esquivando balas y bombas. Mi mamá vive preocupada por mi papá que, a miles de millas de distancia, esquiva balas y bombas. A ellos no les hace falta además tener que preocuparse por un chiquillo raro.

Sin embargo, de todos los animales a los que les he hablado, ninguno me preparó para esta visión de mi abuela entrando al bosque oscuro con paso firme y un cuchillo. No regresó a casa hasta después de que me acosté, y yo estaba demasiado asustado como para preguntarle en la mañana.

Me siento en la clase de Ciencias y me pongo a dibujar a mi abuela, que pelea contra un ciervo zombi con un gran cucharón de madera. Su pelo morado bate al viento mientras golpea al ciervo en sus brillantes ojos rojos. La señorita Humala sigue con su sonsonete. Todavía está repasando cómo calcular la densidad, ya que la mayoría de la clase suspendió la prueba sorpresa que hizo. Su cuello excepcionalmente largo se estira un poquito más cada vez que dice *volumen*. María Carmen está sentada delante de mí, entrecerrando los ojos mientras mira las luces fluorescentes que cuelgan del techo y se echa las trenzas por encima del hombro. Talib está sentado junto a mí y tiene apoyada la cabeza en la mano. Está jugando al tres en línea consigo mismo. No estoy seguro de cómo funciona eso.

A mi derecha, oigo a Brandon, el bravucón de la ropa de camuflaje, susurrarle a un niño a su lado:

—Mi papá y yo ayer matamos un ciervo. Una gama grandota.

Me preocupo por la cierva de cola blanca que dibujé ayer en el bosque y que decidí llamar Chela. Sé de buena tinta que la temporada de caza de ciervos no comienza hasta dentro de dos semanas. Así que Brandon no es solo un aspirante a soldado; además, es un mal cazador.

La señorita Humala da una palmada.

—Antes de continuar, el director Jelani nos ha pedido a todos los maestros que hagamos un anuncio: a los estudiantes no se les permite atravesar el bosque antes o después de la escuela. Asegúrense de tomar las calles del pueblo para ir a casa —dice.

Frunce el ceño y le echa un vistazo al aula.

—Les recomiendo muy encarecidamente que sigan las instrucciones del director Jelani. Hemos tenido unas raras desapariciones de animales en el pueblo y no sabemos qué es lo que hay en el bosque. Así que es mejor mantenerse fuera de ahí.

Los estudiantes a mi alrededor comienzan a murmurar. Miro a María Carmen, que le da vuelta con los dedos a la etiqueta rosada de las cabras y luego se la mete en el bolsillo. Talib suspira a mi lado.

—Supongo que nunca sabré qué le pasó a mi perro. Pero tampoco quiero que me coman allá afuera. Así que me parece una buena decisión —dice.

El brillo del cuchillo de mi abuela me viene de pronto a la mente. Al menos, si nadie más se mete en el bosque, no la verán andar con paso firme haciendo... vete a saber tú qué cosa.

La señorita Humala se aclara la garganta y comienza a dividir la clase entre quienes suspendieron la prueba sorpresa (casi toda la clase) y quienes la pasaron (Talib, María Carmen y yo).

La maestra nos da tiempo libre mientras ella sigue repasándole al resto de la clase que "la masa dividida por el volumen es igual a la densidad". Talib señala un armario cerca de la jaula de Milla, la chinchilla, y susurra:

—Ella tiene juegos ahí con los que nos podemos entretener.

Abro el armario y le echo un vistazo a las cajas viejas y los juegos que parecen que eran de la bisabuela de la señorita Humala.

—Lo hiciste bien en la prueba, muchachón —dice Milla, trepando por la jaula y dejándose caer en la hamaca—. Pero eso no quiere decir que me puedes acariciar. Nananina. No se toca.

—No pensaba hacerlo —le susurro.

Por fin, veo el juego que quiero jugar con Talib y María Carmen: una bolsa de plástico llena de fichas de dominó.

María Carmen, Talib y yo juntamos nuestros

escritorios y sacamos las fichas de la bolsa. Repiquetean en los escritorios de madera falsa y varios ojos envidiosos nos miran fijamente.

—Tal vez con un poco menos de entusiasmo —dice la señorita Humala mientras se aclara la garganta y toma un descanso de dar puñetazos sobre la fórmula escrita en la pizarra.

Talib suelta una risita.

—Creo que a ella no le va a hacer ninguna gracia si ponemos estas fichas en línea y las tumbamos.

Niego con la cabeza.

—De eso nada. Les voy a enseñar a jugar dominó *de verdad*.

Les paso diez fichas a cada uno y explico las reglas del juego.

—¿Y tú dónde aprendiste a jugar?—pregunta María Carmen mientras acomoda sus fichas en línea frente a ella para que Talib y yo no las podamos ver.

—Con mi abuelo. Cada vez que nos mudábamos a alguna parte, nos visitaba para que jugáramos dominó en la cocina nueva —explico.

Les echo un vistazo a las fichas y les muestro el doble nueve.

—Este es la caja de muerto.

Talib me quita la ficha.

—Eso me gusta —dice.

—Y esta es la caja de dientes —digo al mostrarles el doble seis.

—¿Y tu abuelo te enseñó todo eso? —pregunta María Carmen.

—Anjá. Y cuando era niño, aprendía una palabrota nueva en español cada vez que le ganaba un juego.

Talib me entrega la caja de muerto.

—Me las tienes que enseñar.

Pone tres fichas en línea y las tumba en cascada.

—¿Y por qué te mudaste a New Haven?

—Mi papá creció aquí. Mi mamá y yo nos estamos quedando con mi abuela mientras mi papá está en Afganistán. Mi mamá pensó que sería bueno vivir con la familia en lugar de en una base del ejército.

Talib asiente con la cabeza y pone tres fichas en fila para tumbarlas de nuevo.

—¿En cuántos lugares has vivido?

—New Haven es el sexto —digo—. Pero nunca he sido un armadillo guerrero.

—Yo no me haría muchas ilusiones —dice María Carmen, y pone los ojos en blanco—. Nuestro equipo de fútbol americano es tan pequeño que los mismos niños tienen que jugar defensa y ataque. Por lo general, están tan cansados en el último cuarto del partido que se tumban en el terreno y dejan que el otro equipo haga lo que le venga en gana.

Talib asiente y se pasa una ficha entre los dedos.

—¿Siempre fuiste a la escuela en una base militar?

—Anjá.

—¿Cuál era la mascota de tu última escuela? ¿Los pingüinos paracaidistas? ¿Los castores bayoneteros?

Sonrío.

—No, éramos los buitres valientes de la Escuela del General Sherman de Tanques y Misiles.

Los ojos de María Carmen y Talib parecen querer salirse de sus órbitas.

—Es una broma.

—En serio, ¿has asistido a seis escuelas? Yo solo he vivido en New Haven —dice María Carmen—. Una vez fuimos en carro hasta Dallas a visitar a mi abuela Maricela, pero eso es lo más lejos que jamás haya ido.

—Nosotros nos fuimos de vacaciones a la Florida hace un par de años. Pero más allá de eso, este fondillo mío ha estado siempre en New Haven —dice Talib.

Pongo la primera ficha y comenzamos a turnarnos

poniendo fichas con los mismos números que están en la mesa. Niego con la cabeza al pensar en cómo María Carmen y Talib siempre han estado aquí. Siempre han sabido dónde está su hogar. Siempre *han tenido* un hogar.

Ni me puedo imaginar cómo será eso. Debe de ser agradable.

Comienzo a mencionar los lugares a los que la familia López ha movido sus cajas.

—Nací en Fort Benning, en Georgia. Luego me mudé a Fort Carson, en Colorado. Nos quedamos allí hasta que estaba en segundo grado. Luego nos mudamos a Fort Lewis, en Washington, por poco tiempo, y después a Fort Campbell, en Kentucky. Después de eso, fuimos a Fort Hood, que está al norte de aquí y, por último —digo, y tamborileo con los dedos en el escritorio para el gran final—, New Haven.

Me canso de tan solo pensar en todos los lugares en los que he empujado con los pies las cajas de la mudanza debajo de mi cama.

—Qué chévere —dice María Carmen, y pone el doble cuatro en la mesa—. Yo mataría con tal de viajar tanto.

—En serio. ¿Has visto el océano, verdad? O sea, no

sólo el Golfo de México, ¿sino el océano de verdad?
—Talib se inclina hacia delante echándoles un vistazo a las fichas que hemos puesto, buscando una que vaya con las que tiene en la mano.

Recuerdo el vasto océano Pacífico cuando vivíamos en Washington, con las olas que brillaban como diamantes mientras el sol se ponía en el horizonte. Me quedaba dormido ahí mismo en la playa, con la canción de cuna de las olas desparramándose por la orilla mientras mi mamá me pasaba la mano por el pelo.

Todavía no creo que mudarse tanto sea bueno. Pero María Carmen y Talib tienen razón: yo *he visto* muchísimo del país.

Solo que no he visto mucho a mi papá.

# CAPÍTULO 6

**NO VAYAS A UN SÓTANO OSCURO** y con olor a moho, con escaleras que crujen y luces que parpadean. No respondas el teléfono cuando estés solo en casa y el identificador de llamadas dice ASESINO CON UN HACHA. No entres en un edificio derruido y abandonado cubierto por lianas asfixiantes y huellas de manos ensangrentadas.

He visto las suficientes películas de horror como para saber qué se supone que uno debe y no debe hacer si quiere sobrevivir.

No camines por el bosque de tu pueblo cuando has

visto a tu abuela salir como un bólido rumbo a la arboleda con un cuchillo.

Parece que Talib y yo no somos tan inteligentes.

Luego de escuchar a Brandon jactarse de que había matado a un ciervo con su papá, quería ir a ver a Chela, la cierva que había conocido el día anterior. A pesar de que la señorita Humala nos dijo que no nos metiéramos en el bosque. Cuando Talib me vio encaminarme rumbo a la arboleda después de la escuela, se me pegó como una lapa, diciendo que no debía ir solo.

Mientras avanzamos resueltamente por el sendero, noto los ojos oscuros de Talib que saltan de roble en roble y escanean cada colina rocosa en busca de algún peligro desconocido que pudiese devorarnos de un bocado.

Talib recoge una bellota del suelo y la lanza contra un árbol. Yerra por medio metro. La bellota rebota por el sendero frente a nosotros, asustando a lagartijas y ardillas, que huyen despavoridas bajo ramas y hojas caídas.

—¿Entonces tu papá es súper estricto contigo con eso de mantener tu cuarto recogido y tender la cama por lo de estar en el ejército?

Me río.

—Tengo una mamá cubana y una abuela cubana. El ejército no es nada en comparación con ellas en lo que respecta a mantener la casa limpia.

Casi escucho el sonido que hace mi mamá al chasquear la lengua mientras inclina la barbilla hacia delante señalando la ropa sucia en el suelo de mi cuarto o mi cama desarreglada. Nada me hace limpiar más rápido que su ceja enarcada. Y ahora tiene a mi abuela de refuerzo cuando no está en la casa.

Talib niega con la cabeza.

—Suena como mi mamá. Entonces, ¿cuánto tiempo ha estado tu papá fuera de casa? —pregunta, y patea una piedra al otro lado del sendero.

Le podría decir ahora mismo el número exacto de días. A la par de mi página de "Días en New Haven", tengo una página de "Días en los que papá no ha estado en casa" en mi cuaderno de dibujo. Tiene 104 marcas.

—Ha estado en la diana un poco más de tres meses —respondo, y me meto las manos en los bolsillos.

—¿En la diana?

—En misión. Afuera. —No estoy seguro de por qué

dije *la diana*. A mí nunca me ha gustado ese término. Siempre me hace pensar en campos de tiro. La diana es adonde van a dar las balas. Es donde papá está.

Con tal de cambiar el tema, pregunto:

—¿Estás buscando algo por aquí? Tengo esa impresión.

Talib para en seco.

—Yo, eh, tenía la esperanza de encontrar a George, mi perro.

—¿Tu perro se llama George?

—Anjá. Desapareció la semana pasada. Lo he estado buscando. —La mirada de Talib salta a un cedro con tres grandes marcas dentadas. Los ojos se le ponen como platos y da un gran suspiro. Las marcas parece que fueron hechas por una garra.

—¿Y tú piensas que tu perro anda corriendo por el bosque?

Talib mueve el pie en el fango.

—Bueno, ya no, no lo creo.

Esto no tiene mucho sentido, pero parece que mi compañero no quiere decir más acerca de la desaparición de George.

Continúo por el sendero y el estómago me suena en señal de protesta.

—Vamos, compadre. Tengo tremenda hambre —le digo a Talib.

Me sigue, pero no sin antes echar un último vistazo a la marca de la garra en el tronco del árbol.

Pasamos por el punto en donde ayer hice el boceto de Chela, aunque ella no anda por todo esto. Hago un alto y escaneo a nuestro alrededor. Noto un destello bajo un arbusto de mezquite. Apuro el paso hasta ahí y veo el filo de un gran cuchillo de cocina clavado en la raíz del arbusto. Trocitos de un papel blanco y fino rodean el cuchillo.

Miro con detenimiento y me doy cuenta de que no es papel.

Es la piel de una serpiente.

Pateo la tierra encima de la piel mudada y me paro frente al cuchillo mientras Talib se acerca.

—Pensé que íbamos a seguir andando —dice con voz temblorosa. Me empuja por el brazo para hacerme avanzar.

—¿Y tú a qué le tienes tanto miedo? Lamento que tu perro se haya perdido, pero ¿a qué viene esto? —Entre el cuchillo, la marca de la garra y la piel de la serpiente, comienzo a sospechar que en este bosque hay bastantes motivos para sentir miedo. Pero no quiero que Talib piense que mi abuela tiene algo que ver con esto.

Talib se limpia la nariz con el dorso de la mano.

—Salí a buscar a George por estos lares hace un par de noches. Y vi algo.

—¿Y qué fue lo que viste, compadre?

Talib se pone de pie y me mira fijamente, abriendo y cerrando la boca sin emitir sonido mientras trata de encontrar las palabras.

—Bueno, encontré el collar de George cerca de un cactus grande y cuando lo fui a recoger escuché unos gruñidos. Pensé que a lo mejor era él, aunque George no gruñe de ese modo. Vi esta gigantesca cosa peluda y de color marrón con dientes y garras enormes. Era absoluta y definitivamente cualquier cosa menos un perro. —Talib enarca las cejas—. Pero entonces cambió.

Niego con la cabeza, inseguro de si escuché correctamente.

—¿Qué hizo *qué*?

Antes de que me pueda explicar, escucho un grito y un gemido.

Talib abre la boca para hablar, pero he dejado de prestarle atención. Los gritos son cada vez más altos y se escuchan los ecos en las colinas.

—¡Auxilio! ¡Socorro!

Miro a Talib.

—¿Oyes eso?

—¿Qué? ¿Los aullidos?

—No. Alguien que pide socorro.

Talib me frunce el ceño, pero yo salgo como un bólido rumbo al sonido.

—¡Auxilio! ¡Por favor, socorro!—Los gritos me perforan los oídos.

Talib me sigue, respirando agitadamente. Alcanzamos la cima de un cerro y vemos una figura abajo que se retuerce de dolor en el suelo al lado de un cactus centenario.

Es un coyote.

El pequeño animal rojizo intenta levantarse, pero tiene una pata trasera atrapada en una trampa de metal de dientes entrelazados. Con cada esfuerzo por escapar, el coyote chilla y se cae al suelo.

—¿Y eso qué es? —pregunta Talib.

Niego con la cabeza.

—Es una trampa. Debe haber atrapado la pata del coyote en cuanto la pisó.

Mi compañero hace una mueca de dolor.

—No me parece justo.

—No lo es. Los cazadores usan trampas para atrapar animales, a veces a depredadores que no quieren en sus tierras, a veces a animales a los que cazan por su piel. Mi papá dice que son crueles. Un animal se puede quedar días atrapado en ella y morir de hambre.

—¡Por favor, socorro! ¡Por favor! —grita el coyote, con la saliva que le hace espuma en las comisuras de la boca.

Corro hacia él y me arrodillo al lado del animal herido. El coyote muestra los dientes y gruñe, sin saber si yo soy amigo o enemigo.

Pongo las manos en alto.

—No te preocupes; no voy a hacerte daño. Te voy a ayudar.

—¿Y tú me entiendes? —pregunta el coyote.

—Sí—respondo.

—¿Sí qué? —pregunta Talib a mis espaldas.

—Nada —digo, y niego con la cabeza. Un problema a la vez.

—¿Qué vas a hacer, Néstor? —pregunta Talib al acercarse y arrodillarse a mi lado.

—Tenemos que liberarle la pata.

Talib examina la trampa. Es un semicírculo de afilados dientes metálicos que se ha cerrado.

—Esta es una de las de Brandon. Estoy seguro. Él y su papá no son conocidos precisamente por sus métodos de caza.

Cierro las manos en un puño. Este Brandon sigue subiendo en mi escalafón de gente a la que quisiera ver que las mandan en un cohete a Marte. *Sin* un traje espacial.

Mantengo las manos en el coyote, acariciando su pelaje y asegurándole de que va a estar bien. Su cuerpo es cálido y sube y baja al respirar entrecortadamente. Talib presiona dos anillas circulares a cada extremo de la trampa y esta se abre de golpe con un *clic*.

—Ya está bien, amiguito. Estás libre —le digo al coyote mientras él suelta un aullido leve. Trata de levantarse apoyándose en las patas traseras, pero su cuerpo pequeño cae al suelo.

—No puedo caminar. Me duele muchísimo.

—Bueno, déjame cargarte. ¿Te parece bien?

A mis espaldas, oigo a Talib aclararse la garganta.

—Néstor, ¿le estás hablando a ese coyote?

Ignoro su pregunta. De todos modos, no estoy seguro de cómo la respondería. Todavía no estoy listo. Talib parece buena gente, pero no quiero que salga dando gritos si le revelo mi secreto.

Al cargar al coyote en mis brazos, trato de no presionarle la pata lastimada. Talib y yo continuamos por el sendero con el animal herido.

—No puedo creer que te esté dejando que lo cargues.

—Debo de tener un don con los animales —digo.

El coyote tiembla en mis brazos.

—Hay alguien que no está diciendo la verdad —dice.

—Sio —susurro, y le rasco detrás de la oreja con el dedo.

Talib y yo pasamos por un terreno colmado de árboles de mezquite cuando escuchamos unas pisadas por el sendero a nuestras espaldas.

Nos damos la vuelta y vemos a Brandon. Tiene la cara roja y los puños cerrados.

—Ese coyote es mío, ladrones —gruñe, pateando tierra en nuestra dirección con su zapato desabrochado.

—Las trampas son ilegales en estos bosques,

imbécil —le contesto. No he vivido mucho tiempo en New Haven, pero mi papá siempre se cerciora de que conozca las leyes a donde quiera que vayamos.

Brandon se abalanza hacia mí, echando llamas por los ojos. Sus pies resbalan en el lodo a unas pulgadas de nosotros. Se inclina hacia adelante, con la nariz que casi toca la mía. Su aliento caliente me golpea la cara. Huelo rezagos del gomoso pollo frito que sirvieron hoy en la cafetería.

Por el rabillo del ojo, noto que Talib se agacha y recoge una piedra.

—Ese animal debió haberse quedado en la trampa —sisea Brandon, clavándome el dedo en el pecho.

El coyote en mis brazos levanta la cabeza y pellizca con sus pequeños dientes afilados el dedo de Brandon.

El muchacho grita, retira el dedo índice ensangrentado y lo cubre con su otra mano. Entonces resopla y se aleja de nosotros dando pisotones y gritando.

—¡Esto no se quedará así!

Miro a Talib, cuyos dedos todavía se aferran a la piedra. El pecho le sube y le baja rápidamente.

—¿Y qué tú pensabas hacer con eso?

Talib se mira la mano.

—No lo sé. Tal vez ponerme a hacer malabares para distraerlo.

Suelto una risita.

—Dale, vámonos.

Seguimos rumbo a nuestras casas y el coyote se acurruca más cerca de mi cuerpo. El sol comienza a descender por debajo de la línea de los árboles, lo que proyecta sombras serpenteantes a través de nuestro sendero.

Talib camina detrás de mí y tira la piedra a los arbustos de mezquite.

—Eh, Néstor, ¿y exactamente qué tienes pensado hacer con ese coyote?

Pienso un momento, considerando mis opciones.

—¿Tú crees que a mi abuela le parecerá bien una nueva mascota? —pregunto.

Mi compañero se ríe y me da una palmada en la espalda.

—Seguro, compadre. Te llevaré flores a tu funeral. ¿Prefieres rosas o tulipanes?

Se va rumbo a su casa, tan solo a una cuadra de la mía, y yo sigo caminando hasta que veo la pintura azul de la casa de mi abuela. Cuando me acerco más, el coyote levanta la cabeza y murmura:

—No la dejes que me atrape.

Bajo la vista a su cuerpo tembloroso.

—¿Quisiste decir "no *lo* dejes"?

El coyote se aprieta contra mi pecho y siento que el corazón le late rápidamente.

—No. No *la* dejes. No dejes que la bruja me atrape.

# CAPÍTULO 7

Hola, papá:

Como tú sabes, tenía el temor de que
abuela viviera en el pueblo más aburrido
del planeta, pero estaba equivocado. Los
bosques son una mina de trampas de
caza. Hay un chiquillo en la escuela a
quien le gusta clavarme en el pecho sus
uñas largas. Tengo un coyote que duerme
bajo mi cama y jura que fue atacado por
una bruja. Oh, ¿y ya te mencioné que vi a
abuela salir al bosque con paso firme y un
cuchillo en la mano?

Tacho todo lo que he escrito y paso la página a una en blanco en mi cuaderno de dibujo.

SiempreSé Positivo.

Siempre Sé Feliz.


¡Hola, papá!

Pues resulta que el pueblo de abuela no está nada mal. Hay unos animales fascinantes por aquí. ¡Fíjate que hasta los puedes ver de cerca! Me uní al club de conocimiento general. Ya sé, ¿puedes creer que en verdad me uní a algo? Estarías orgulloso. Ya tengo un par de amigos en el club: Talib y María Carmen.

Por cierto, la respuesta a tu pregunta acerca de qué tipo de oveja en Afganistán fue nombrada en honor a un explorador famoso es . . . ¡la oveja de Marco Polo! Ahora aquí tienes una para ti. Este animal es conocido por aullarle a la Luna para comunicarse y se sabe que incluso ha adaptado su hábitat a las ciudades. ¡Piensa cuidadosamente!

Espero que estés bien. Te quiero. Cuídate.

Néstor

Cierro mi cuaderno de dibujo y me propongo echarle la carta en el correo a mi papá cuando llegue a casa después de la escuela.

Tomo el tenedor y pincho la amorfa masa gris en la bandeja roja de plástico.

La señorita Humala se aclara la garganta y alza una ceja.

—Eso no luce muy apetitoso que digamos, ¿no es cierto?

Hago una pausa con el tenedor suspendido en el aire sobre la "sorpresa de atún" de la cafetería, que he aprendido es la misma en cada escuela. La sorpresa es que no es atún. Ya me he sentado varios días en la clase de Ciencias con la señorita Humala ladrando órdenes y fulminando los cráneos de sus estudiantes con su mirada de rayos láser. María Carmen y Talib me dijeron que ella era más agradable en las primeras semanas de la escuela, que siempre mantenía su escritorio bien abastecido de caramelos de menta para lanzarlos a los estudiantes cuando respondían correctamente. Pero hace más o menos tres semanas, el estrés de intentar enseñarles a incompetentes niños de doce años le debe haber hecho mella.

Cuando llegué a su aula para el club de conocimiento general, la señorita Humala estaba sentada en el escritorio, con un bulto de papeles enfrente. Tenía un bolígrafo rojo en alto haciendo círculos sobre un papel y un júbilo malvado en los ojos.

No estoy seguro de si existe algo más incómodo que sentarte solo en el aula con un maestro.

A lo mejor venir a la escuela desnudo; quizás eso se le acerque bastante.

—Y bueno, Néstor, ¿qué te parece tu nueva escuela? —pregunta la señorita Humala.

Por favor, no tenemos que dar cháchara, quiero decirle. Déjeme tan solo sentarme aquí y no comerme mi sorpresa de atún. No tiene que tomarse el trabajo de saber más de mí. Me iré en unos cuantos meses.

Meto el tenedor en la incomible masa en la bandeja.

—Me parece bien —digo entre dientes.

La señorita Humala me mira con sus grandes ojos color marrón. Le da vueltas al bolígrafo rojo entre los dedos.

—Por si no lo sabías, yo también soy un poco nueva por estos predios. Este es tan solo mi segundo año en New Haven.

Asiento. Estoy acostumbrado a que los maestros

traten de acercárseme. Pero nunca he tenido una maestra que en realidad entienda lo que es mudarse tanto. Así que ella al menos lo intenta.

—¿Y usted por qué se mudó a New Haven? —pregunto.

—Eh, creo que me hacía falta un nuevo comienzo.—Se muerde el labio y pone el bolígrafo rojo en el escritorio—. A veces uno tiene que alejarse de las cosas.

Un sonido seco me impide preguntarle a la señorita Humala de qué huía. María Carmen arrastra a Talib del brazo hasta el aula y lo deposita en la silla junto a la mía. Luego se sienta a mi otro lado y se echa las trenzas por encima de los hombros.

La señorita Humala nos mira y aplaude dos veces. Toma un paquete de tarjetas de su escritorio.

—¿Qué les parece si comenzamos? Tenemos que practicar muchísimo si queremos llegar a las finales. Me siento muy optimista con este equipo.

—¿Cuándo son las finales? —pregunta Talib.

—A fines de mayo —responde María Carmen.

Saco mi cuaderno de dibujo de la mochila y lo abro en la página de mis "Días en New Haven". Me pregunto si podré hacer marcas hasta mayo. Eso es en siete meses. Miro a Talib y María Carmen. María Carmen le da vueltas a una trenza con un dedo mientras Talib bosteza y se estira el pulóver por encima de la barriga. Vaya amigos interesantes que me he echado por aquí.

Amigos.

Me meto las manos en los bolsillos y bajo la cabeza. Debería saber que es mejor no hacer amigos tan rápido. Si mudarme a tantas escuelas me ha enseñado algo es que mientras a menos gente te le acerques serán menos a quienes tengas que abrazar de manera incómoda y decirles adiós. Y habrá menos gente que te prometa que te va a escribir y luego no lo hace.

Cuando estaba en segundo grado era amigo de Steven Linner. Creamos un código secreto que usamos para escribirnos notas entre nosotros. Entonces mi papá anunció que nos mudábamos a Fort Lewis, y Steven prometió que nos escribiríamos en nuestro código secreto. Fui al buzón de correos cada día una vez que llegamos a Washington, pero no llegó ninguna carta jamás.

Con el tiempo, dejé de intentar escribirle.

Al mirar a María Carmen y Talib, me pregunto si acaso nos haremos esas falsas promesas en unos meses.

La señorita Humala se pone de pie frente a su escritorio y sostiene en alto la primera tarjeta.

—Este animal es un tipo de gusano que bebe tres o cuatro veces su peso corporal en sangre —dice, y hace un chasquido con la lengua en señal de espera.

—Una sanguijuela —responde Talib, levantando la cabeza de su escritorio y restregándose los ojos.

—¡Correcto! —grita la maestra dando un pisotón.

Talib me mira y sonríe.

—Esto es mejor que ser dianas de natilla en la cafetería, ¿no te parece?

—Supongo que sí. Tampoco creo que ella habría aceptado un no por respuesta. —Señalo a María Carmen.

Como si me hubiese oído, nos pasa a Talib y a mí un paquete de tarjetas y un timbre.

—Estas son las tarjetas que tienen que estudiar. Las deberían juntar y engrapar por géneros de animales. Y suenen el timbre cuando sepan la respuesta. A ver si me pueden vencer —dice, y nos hace un guiño.

Mientras la señorita Humala continúa haciéndonos preguntas, Talib y yo organizamos las tarjetas en grupos de animales que están estrechamente emparentados.

Ahí me entero de que este es el segundo año en

que la escuela secundaria de New Haven ha tenido un club de conocimiento general. Que la señorita Humala lo comenzó el año pasado cuando llegó a la escuela. Anteriormente estaba compuesto en su mayoría por estudiantes de octavo grado que intercambiaban suspensiones escolares por participación en el club y que solo contestaron correctamente dos preguntas en su primera competencia. El club se desintegró antes de que acabara el año escolar cuando dos de los miembros pegaron con cinta adhesiva cohetes de juguete en las sillas del equipo contrario y pegaron la mano del moderador al micrófono con pegamento extrafuerte.

—Este pájaro puede dormir mientras vuela.

—La señorita Humala estira su largo cuello y da un golpecito con la tarjeta en el escritorio.

Me encantaría decir que sé esto porque lo leí en un libro. Pero uno tiende a recordar cuando un pájaro te vuela por encima de la cabeza y lo escuchas *roncar*.

Sueno el timbre en mi escritorio.

—¡El albatros!

Fue en Fort Lewis, en Washington, dos meses antes de que mi mamá y yo visitáramos la costa. Cuando estábamos ahí, vi un pájaro blanco con alas enormes que me sobrevoló mientras roncaba y murmuraba para sí mismo:

—Solo cinco minutos más, mamá.

La señorita Humala continúa con sus tarjetas y María Carmen da con la respuesta correcta tres veces antes que yo. Tengo que ponerme las pilas.

Talib se inclina hacia mí y me susurra:

—¿Cómo está el coyote? ¿Le gusta a tu abuela la nueva mascota de la familia?

Para responderle, espero a que María Carmen grite otra respuesta correcta.

—Le vendé la pata. Ahora mismo está durmiendo bajo mi cama.

Talib niega con la cabeza.

—Si tu abuela lo encuentra, a lo mejor tendrás un guisado de coyote esta noche para la cena.

La señorita Humala se aclara la garganta y Talib y yo nos enderezamos. La maestra saca otra tarjeta del paquete en su escritorio. Enarca las cejas y una sonrisa se le dibuja en los labios.

—Este mamífero es famoso por ser un escamoso devorador de hormigas y está cubierto de duras escamas en forma de placas.

Cierro los ojos y busco en mi cerebro la respuesta correcta.

María Carmen suena el timbre en su escritorio:

—El armadillo.

Talib suelta una carcajada y le da un manotazo al timbre en su escritorio.

—De eso nada, monada. Es el pangolín. —Cuando la señorita Humala le muestra el pulgar en señal de aprobación, María Carmen lo fulmina con la mirada y mueve el timbre un poco más lejos de su alcance.

—¡Excelente! —La señorita Humala aplaude y su pelo rubio blanquecino salta arriba y abajo—. Ustedes tienen un verdadero talento para esto.

Cada año, la competencia regional selecciona una categoría en la cual se enfocarán los estudiantes de sexto grado. Este año es zoología. Me siento bien con respecto a mis posibilidades, pero no me molesto en sugerir que tal vez yo podría tener una ventaja injusta.

La señorita Humala se aclara la garganta y continúa.

—Este animal africano nocturno come hormigas y termitas y es conocido por estar al principio del alfabeto en inglés.

Antes de que María Carmen, Talib o yo podamos responder, la puerta del aula se abre de golpe.

Brandon irrumpe y se deja caer en una silla al fondo. Lleva puesta una chaqueta que le queda enorme con insignias del ejército, las fuerzas armadas y el cuerpo de marina, que alguien cosió por todas partes de manera bastante chapucera.

La señorita Humala frunce los labios.

—Llegaste tarde, Brandon. La práctica comienza al inicio del almuerzo.

Brandon pone los ojos en blanco.

—Como quiera —murmura entre dientes, y se mete las manos en los bolsillos, pero no antes de que yo note una venda blanca alrededor de su dedo índice.

Le compraré unas golosinas a ese coyote.

Le doy un golpecito a María Carmen en el hombro.

—¿En serio? —susurro—. ¿También lo reclutaste a él?

María Carmen niega con la cabeza.

—Nada de eso. Fue la señorita Humala. Lo ha obligado a hacerlo para que mejore la nota.

Fantástico.

Vuelvo la vista hacia Brandon. Lleva puestos pantalones de caza de camuflaje y le da vueltas entre los dedos a su llavero de pata de conejo.

—Lo maté yo mismo —suelta.

Pongo los ojos en blanco.

La señorita Humala selecciona otra tarjeta y la sostiene delante de su nariz.

—Este primate ladra y chilla cuando está furioso e incluso hasta es capaz de lanzar su propia...

Un toque en la puerta interrumpe la pregunta. La señorita Leander, la maestra de Matemáticas, le pide a la señorita Humala que se le acerque.

Mientras hablan, Brandon le tira un papel enrollado a Talib.

—Aquí me tienen —dice—. Un Carlos Hancock cualquiera.

Alzo los brazos frustrado. Brandon no sabe nada de nada sobre cultura militar. Carlos *Hathcock* fue un francotirador del cuerpo de la marina en la guerra de Vietnam. Antes de la primera misión de mi papá, le dije que me preocupaba que le pasara algo. Mi papá me pasó la mano por el pelo y me dijo:

—No te preocupes, muchachón. Tengo un montón de Carlos Hathcocks que me cuidan las espaldas.

—¿Pero qué disparate es ese? —digo, y fulmino a Brandon con la mirada—. Es Carlos *Hathcock*. ¿Tú no sabes nada de nada?

Brandon se queda boquiabierto. Me frunce el ceño.

—¿Y tú qué eres, una especie de genio militar?

—Su papá está en el ejército —dice Talib antes de que yo pueda responder—. Está en Afganistán.

El labio superior de Brandon se curva de manera burlona.

—Más te vale desear que no lo vayan a volar en pedazos por allá.

Siento como si una piedra pesada me cayera en el estómago y las mejillas me comienzan a arder. Cierro los puños y me levanto de golpe. Antes de que pueda llegar a Brandon, María Carmen se interpone.

—¡Aquí tienes las tarjetas de estudio! —exclama con voz temblorosa.

Me vuelvo a sentar mientras ella le entrega a Brandon un paquete de tarjetas, que él se mete en el bolsillo del pantalón.

María Carmen me pone la mano en el hombro y me sonríe compasivamente mientras se vuelve a sentar. Siento que todavía tengo las uñas clavadas en las palmas de las manos y no soy capaz de respirar calmadamente.

La señorita Humala regresa a su sitio al frente del aula. No oigo el resto de sus preguntas; los oídos todavía me arden de la furia.

Cuando se acaba el periodo de almuerzo, nos quedamos en el aula de la señorita Humala para la clase de Ciencias. María Carmen mantiene la cabeza gacha y yo no puedo mirar a Brandon sin cerrar los puños. Cuando la clase por fin se acaba, Brandon sale dando pisotones del aula antes que nosotros. Talib, María Carmen y yo nos encaminamos por el pasillo rumbo a nuestra próxima clase.

—Gracias —le digo a María Carmen, poniéndole la mano en el brazo—. Estuve a punto de darle tal piñazo en la nariz que se la iba a poner en la parte trasera del cráneo.

María Carmen se encoge de hombros.

—No tenía que haber dicho lo que dijo. Eso no está bien.

Las lágrimas se le acumulan en los ojos y el labio inferior le tiembla. Apura el paso y se aleja de nosotros por el pasillo, como un manchón de trenzas negras que se mueven a uno y otro lado.

—¿Dije algo malo? —le pregunto a Talib.

Mi compañero me mira y niega con la cabeza.

—No. A su hermano lo mataron en Iraq hace dos años.

# CAPÍTULO 8

MI PAPÁ DICE QUE UNA BUENA PERSONA no reacciona con ira. Me lo dijo cuando yo tenía nueve años y me caí de la patineta y me rasguñé las rodillas. Le di tal patada a la patineta que fue a caer a un desagüe frente a nuestra casa de Kentucky y lancé un par de palabrotas que aprendí de mi abuelo.

Yo sé que mi papá estaría decepcionado si supiese que casi le di un piñazo a Brandon.

Pero ahora Brandon me está empujando contra la pared del gimnasio y tengo los omóplatos clavados en los duros ladrillos. Los antebrazos me arden al cerrar los puños.

Si pudiera darle un piñazo a esa cara pecosa y llena de espinillas que está frente a mi cara. Papá no tendría cómo enterarse. Él está a miles de millas de distancia.

—Aléjate de mis trampas —sisea Brandon, con sus nudillos blancos en las mangas de mi pulóver.

Respiro profundamente, el aire quemándome los pulmones ensanchados, y levanto las manos en señal de rendición.

Mi papá no se va a enterar si le reacomodo el tabique a Brandon, pero aún puedo sentir su mano en mi hombro, su calmada y paciente voz en mi oído. El vacío de su ausencia comparable a la plenitud de las memorias.

Brandon me suelta y se va dando pisotones. Los estudiantes curiosos que nos rodeaban se esparcen por ahí, ocupados con el próximo chiste o drama.

Talib y María Carmen salen corriendo a mi encuentro.

—¿Estás bien? —pregunta Talib.

Me sacudo las manos en los *jeans*.

—Anjá. Matones como este no son en realidad nada nuevo.

Talib cambia la vista de María Carmen a mí y suspira.

—Bueno, este ha sido un día completamente horrible. Vámonos a casa.

María Carmen asiente y se muerde el labio.

—A través del bosque —digo, y me cuelgo la mochila al hombro.

Talib niega con la cabeza.

—¿O sea que tú quieres que este día se vaya por el inodoro?

Miro con dureza a María Carmen y Talib.

—A mí no me importa lo que diga la escuela. Me voy a deshacer de cada una de las trampas de Brandon.

María Carmen levanta la cabeza y habla con una voz plena desde que salió a la carrera por el pasillo.

—Me parece genial.

Nos encaminamos al bosque y nos separamos un poco en el sendero. Yo escaneo cada roca y busco en la base de cada árbol círculos metálicos con dientes afilados. Pero lo estoy haciendo con desgano; mi mente todavía les está dando vueltas a las perversas palabras de Brandon durante la práctica del club de conocimiento general.

Alcanzo a María Carmen en el sendero y me aclaro la garganta.

—Lo siento mucho por tu hermano —le digo, y mi voz suena como un susurro que viaja con la brisa y flota entre los árboles.

María Carmen baja la cabeza y suspira.

—Gracias. Supuse que Talib te lo contaría.

Los tres caminamos en silencio, pasándoles por al lado a cactus altos y ramas dispersas de robles siempre verdes. Cuervito se eleva por encima de nosotros, pero no dice ni una sola palabra irritante. Hasta él sabe que este no es el momento para eso.

María Carmen rompe nuestro silencio tan suavemente que casi no la oigo.

—Lo echo de menos —dice.

Talib y yo nos miramos y asentimos. María Carmen toma una hoja de un roble y la aprieta entre sus dedos.

—Era policía militar en Iraq. Su convoy de Humvees había sido advertido de gente que colgaba granadas de sedales en los puentes de las carreteras a la espera de soldados que pasaran por debajo para atacarlos.

Cierro los ojos. No quiero escuchar esto. Quiero imaginar a María Carmen en la pista de patineta con su hermano, riéndose y retándose el uno al otro a hacer trucos nuevos. Quiero ver a su hermano alentándola y levantando el puño cuando María Carmen se gradúe del preuniversitario. No quiero saber nada del siniestro peligro que lo devoró.

El mismo que acecha a mi papá.

Pero le debo a María Carmen el escucharla.

María Carmen se detiene en el sendero y se limpia una lágrima del ojo.

—Estaban realizando una patrulla matutina en Bagdad. Él era el artillero en su Humvee, y no la vio.

Talib le pone la mano en el hombro a María Carmen. Yo le tomo la mano temblorosa y se la aprieto. Nos quedamos juntos en el sendero mientras Cuervito vuela en círculos por encima de nosotros, sirviendo de centinela de nuestra vigilia.

—Él no estaba ni siquiera en el ejército. Era de la Guardia Nacional. Lo único que él quería era poder ir a la universidad. —María Carmen suspira y levanta la cabeza—. Lo echo tanto de menos.

Nos olvidamos de los matones y las trampas. Caminamos a casa en silencio. María Carmen se separa primero de nuestro grupo y luego, unos minutos después, Talib se encamina a su casa.

Unos nubarrones grises me rodean al entrar a casa de mi abuela. Lanzo la mochila al sofá de la sala y mascullo:

—Buela, llegué a casa.

La escucho en el comedor, con la máquina de coser zumbando.

—Oye, a esto no le hacen falta lentejuelas. ¡Déjame en paz!

Deambulo hasta el comedor y froto el pulgar en el agujero del marco de la puerta que indica la altura de mi papá cuando tenía mi edad. Supongo que mi abuela está hablando consigo misma otra vez mientras le hace el dobladillo al uniforme quirúrgico de mi mamá en la máquina de coser que ha instalado en la mesa.

El día todavía me pesa en los hombros, así que me desplomo en una silla a mirar a mi abuela coser. El zumbido rítmico de la máquina me mete más profundamente en mis pensamientos. Tan solo tengo diez marcas en mi página de "Días en New Haven" y ya he entablado una relación más cercana con Talib y María Carmen de la que tengo con nadie de mi misma edad. Me he unido a un club en la escuela, algo que en raras ocasiones me tomé la molestia de hacer antes ya que sabía que no podía garantizar que estaría ahí durante el año entero.

Me halo el borde del pulóver y lo estrujo en mis manos.

Mi abuela me mira por encima de sus espejuelos, que siempre lleva puestos al coser.

—Tú sabes una cosa: por eso es que tengo que coserle la ropa quirúrgica a tu mamá —dice, y señala a mi pulóver con un gesto de su barbilla—. Ustedes dos se desquitan de todos sus problemas con la ropa.

Suspiro y me cruzo de brazos.

—Supongo que sí.

—Ay, mi niño, ¿tuviste un mal día? —pregunta mi abuela mientras saca de su máquina de coser la bata de mamá y le corta un largo hilo con las tijeras.

—Anjá. Pero qué se le va a hacer, eso no importa. De todos modos, lo más probable es que tenga que empezar de cero de nuevo en alguna otra parte pronto, cuando a mi papá lo manden de misión a Alaska o algo por el estilo.

—Qué dramático. Tan pesimista. Estoy segura de que no es tan malo. —Mi abuela trata de tomarme la mano, pero la retiro. Se pone de pie y agarra un paquete pequeño del bulto de cartas a sus espaldas.

Me lo da, y dice—: A lo mejor esto va a hacer que te sientas mejor.

Tomo el paquete y le doy vueltas en mis manos. La escritura en mayúsculas hace que el corazón se me desboque en el pecho.

Papá.

Su dirección es la misma: la base aérea de Bagram, en Afganistán. No se ha mudado.

Rompo la envoltura y sostengo un libro en mis manos. Luce polvoriento y la portada está estrujada. Una sonrisa comienza a escurrirse entre mis labios.

Mi papá y yo comenzamos una tradición la última vez que lo enviaron a una misión. Escogimos un libro: *La casa en Mango Street* —más que nada porque mamá no paraba de hablar de por qué había sido su libro favorito durante la infancia—. Mi papá se lo llevó consigo allende los mares y lo leyó, dejando notas en los márgenes acerca de las cosas que le gustaban. Me escribió preguntas acerca de la trama. Entonces me lo envió por correo para que yo lo leyera. Escribí respuestas a sus preguntas e hice mis propias observaciones. Hasta dibujé ilustraciones en algunas de las páginas. Entonces se lo envié para que él lo leyera otra vez y viera mis respuestas y dibujos y respondiera mis preguntas. Debemos de haber intercambiado el libro unas cinco veces antes de que él por fin regresara a casa, cada vez escribiendo más y más.

Paso las páginas de este libro —*Sunrise Over Fallujah*, de Walter Dean Myers— y me detengo la primera vez que veo la escritura de mi papá. Presiono el dedo sobre sus palabras, cierro los ojos y me lo imagino sentado leyendo. Paso cada página, buscando su escritura, escaneando para encontrar evidencia de la vida que vive cuando está lejos de nosotros. Mi papá dice que tiene muchísimo tiempo para leer puesto que el lema no oficial del ejército es "apúrate y espera". Hay grandes periodos de descanso, con pequeños estallidos de... actividad.

Paso otra página y noto una pequeña mancha. ¿Será de café? ¿Lodo?

¿Sangre?

Cierro el libro de golpe y suspiro. Incluso las cosas que se supone que nos acerquen a mi papá y a mí hacen que me preocupe más. Que lo extrañe más.

Dejo caer el libro en mi regazo.

Mi abuela hace un chasquido con la lengua.

—Pensaba que eso te haría sentir mejor. ¿A lo mejor no?

Niego con la cabeza. Lo único que el libro hizo fue recordarme lo lejos que está mi papá y que estoy solo.

—No lo entenderías. No sabes lo que es tener que empezar de cero otra vez. Lo que es estar solo.

Mi abuela enarca las cejas y echa a un lado la ropa quirúrgica de mamá. Sus labios apretados forman una línea fina. Suspira profundamente.

—¿En serio, mi niño? ¿Yo no sé nada? ¿Yo no *entiendo*? —La voz le tiembla y el volumen aumenta. Me siento derecho en la silla.

—Mis padres me pusieron en un avión a mí solita cuando tenía catorce años. Tan solo dos más de los que tú tienes. No conocía a nadie. Ni siquiera hablaba inglés. Dejaba atrás el único hogar y la única familia que había conocido. No te sientes ahí a decirme que yo no entiendo lo que es empezar otra vez de cero.

Las palmas de las manos me sudan y me las froto en los *jeans*.

—Lo siento, Buela.

Debería haber sabido que no le podía hacer un comentario de esa índole. Mis bisabuelos enviaron a mi abuela sola a la Florida para que se escapara de Castro, el dictador de Cuba. Vivió tres años por su cuenta en Miami con dos familias adoptivas a las que ni siquiera jamás había conocido antes de que sus padres por fin pudieran salir de Cuba y reunirse con ella.

Mi abuela me suelta una mirada compasiva. Vuelve a hacer ademán de tomarme la mano y esta vez dejo que lo haga. Frota el pulgar en mis nudillos.

—Mi niño, yo sé que esto es difícil, pero lo vamos a superar. Todos juntos. Tú, tu mamá y yo. —Hace una pausa y traga en seco—. Y tu papá.

Asiento, mirando la mano de mi abuela. Noto tres largos rasguños que le suben por todo el antebrazo. Las furiosas líneas rojas encajan con las marcas dentadas que Talib y yo vimos en el árbol del bosque.

Los ojos de mi abuela saltan a su brazo y se baja la manga de la blusa hasta la muñeca. Me da una palmadita en la mano.

—Todo va a salir bien, mi niño. Todo va a salir bien —dice.

Sale rumbo a la cocina, pero yo me quedo en la silla halándome el borde del pulóver hasta que una larga hebra de hilo se desprende por completo de la tela en una maraña. Me enredo el hilo fuertemente alrededor del dedo una y otra vez hasta que me corta la circulación y hace que la punta del dedo se me ponga roja. El dolor tan agudo me ruega que me desenrolle el hilo, pero no lo hago, agradecido del alivio al dolor que siento en mi corazón.

# CAPÍTULO 9

**ME AFERRO AL LIBRO QUE ME ENVIÓ MI PAPÁ** mientras subo las escaleras rumbo a mi cuarto. Al abrir la puerta, le echo un vistazo en busca del coyote.

Está sentado en mi cama, mirando por la ventana, con un montón de medias a medio masticar desperdigadas a su alrededor.

—Oye —digo, y recojo las medias. Están empapadas de saliva—. Yo te ayudé. ¿A qué viene esto?

El coyote vuelve la cabeza y pestañea con sus ojos negros.

—Me aburrí. Me pasé todo el día mirando los deliciosos conejos y ratones que corrían por tu patio y no tenía nada que hacer.

—Bueno, pues muchísimas gracias. —Agarro el cesto de basura y meto en él las medias mojadas y llenas de huecos—. ¿Tienes nombre?

Rasca la colcha en mi cama con una pata.

—Los conejos me llaman temerario. Las ardillas me llaman fuerte. Los ratones me llaman imponente.

—Yo te voy a llamar mentiroso —digo entre dientes.

El coyote no me escucha y revuelca el lomo en la cama.

—Me podrías llamar con cualquiera de esos nombres. Oye, ¿cuál es la palabra en español para *brave*?

—Valiente —le digo—. Pero ahí se te fue la mano. ¿Qué te parece Val?

—Me viene bien —dice Val, y se lame la pata—. Sabes una cosa: también vi a tu abuela.

Salta de mi cama y trota alegremente hacia mí, evitando hacer peso en la pata trasera.

—Tienes suerte de que ella no te vio. Habríamos cenado esta noche un guisado de coyote. —Dejo el libro de mi papá encima de la cómoda y le pongo al lado su brújula.

Val se sienta en la alfombra y se lame la pata delantera.

—De eso nada, monada. Ella estuvo en el bosque todo el día.

—¿Qué?

—En el bosque. No es una decisión muy sabia, si me lo preguntan. —Val hace una pausa en su aseo personal y me mira—. Ahí es donde está la bruja.

El misterio del bosque es precisamente la distracción que me hacía falta en este día horrible.

—A ver, tengo que saber más de esta bruja. Te salvé hoy de la trampa de Brandon. Ahora te toca devolverme el favor.

Val resopla y se acuesta sobre el lomo.

—Eso no es muy caritativo de tu parte. La gente debería hacer el bien sin esperar nada a cambio.

—Seguro. Gracias por la lección. Ahora háblame de esta bruja.

Bosteza y enrolla la lengua.

—Es terrible. Sencillamente terrible. Me persiguió más allá de la cantera. Yo no sabía que los glotones corrían tan rápido.

—¿Entonces la bruja es una glotona? —pregunto. Ese es un animal que pondría nervioso a cualquiera en el bosque. Y no pinta nada aquí en Texas. A lo mejor Talib tiene razones sobradas para estar asustado.

Val se rasca detrás de la oreja con la pata trasera sana.

—Anjá. Qué no daría yo por tener pulgares para poder tirar piedras —dice—. Una buena pedrada en el hocico y esa bruja no me molestaría más. Oh, y con los pulgares podría retorcer los pescuezos de los conejitos. Eso sería maravilloso.

Niego con la cabeza y me siento en la cama.

—Basta ya con lo de los pulgares. Cuéntame más de la bruja. ¿Por qué te perseguía?

Val se detiene a pensar.

—Bueno, además de porque soy absolutamente delicioso, probablemente quería mi poder.

—¿Tu poder? ¿Y qué clase de poder tú tienes? —Saco mi cuaderno de dibujo y lo abro en una página en blanco.

Val frunce el ceño.

—¿No te resulta obvio lo fabuloso que soy?

Pongo los ojos en blanco. Escribo *bruja* en la parte de arriba de la página y comienzo a dibujar un glotón debajo. Me imagino un animal grande de color marrón; de mayor tamaño que un perro, pero más pequeño que un oso. Largas garras afiladas salen de sus patas a la vez que dientes afilados como cuchillos sobresalen de sus labios. Siento un escalofrío.

—Si me muerde, recibirá los poderes de un coyote.

—Entonces podrá matar perritos y colarse en los gallineros.

Val me da una mordidita en el pie que cuelga de la cama.

—No, pero tendrá un oído, un olfato y una visión súper aguzados. —Se me queda mirando con sus ojos maliciosos—. Ahora mismo veo a través de tu ropa.

Le tiro una almohada.

—No, eso es mentira.

Garabateo *quiere los poderes de otros animales* en mi cuaderno de dibujo antes de cerrarlo de golpe.

Esa noche sueño con un feroz glotón que merodea por el bosque y le gruñe al perrito perdido de Talib mientras la saliva le gotea de los colmillos. El glotón levanta una pata cubierta de un pelaje enmarañado de color marrón, con las garras que le brillan a la luz de la Luna mientras George se acurruca de miedo debajo del glotón que está listo para hacerlo trizas.

Me despierto empapado de sudor, con el corazón que me late en los oídos.

Aun así, esto es mejor que los sueños que suelo tener.

—¡Néstor! ¡Niño! —Escucho que mi abuela me llama desde el piso de abajo—. ¡Tienes visita!

—¡Ya voy! —le grito a mi abuela para que sepa que ya bajo.

Val durmió anoche en mi cama. Nos turnamos dándonos patadas y halando las colchas. Sé que tengo que sacarlo de la casa. Solo es una cuestión de tiempo antes de que mi abuela vaya a mi cuarto a buscar la ropa sucia y sus gritos echen la casa abajo.

Saco una bolsa de lona del estante superior de mi clóset y una vieja libreta cae al suelo. Al pasar las páginas veo unos dibujos chapuceros de animales, con notas en los márgenes. La primera página dice *Enciclopedia de animales de Raúl López.* Una sonrisa me cruza los labios, pero niego con la cabeza. Primero lo primero.

Abro el zíper de la bolsa y le digo a Val:

—Mira, tienes que salir de aquí. Ya tu pata está lo suficientemente bien y mi abuela te va a despellejar vivo si te encuentra.

—Eso no luce muy cómodo que digamos —resopla Val, oliendo los bordes de la bolsa.

—Tampoco lo es andar por ahí sin tu pellejo. ¡Métete ahí! —siseo—. ¡Apúrate!

Val se acomoda en la bolsa y cierro el zíper. Alegremente me la echo al hombro y bajo las escaleras.

María Carmen y Talib están en la puerta de entrada.

—No te muevas —le susurro a Val mientras me les acerco—. Hola, chicos. ¿Qué hay de nuevo?

Talib se retuerce las manos y no responde. Por fin, María Carmen dice:

—Nos hace falta practicar más las preguntas de conocimiento general. Se me ocurrió que tal vez podríamos ir a casa de Talib y repasar las tarjetas de estudio. —Le da un empujoncito con el codo a Talib, y él asiente.

María Carmen y Talib me han acabado de dar la excusa perfecta para sacar a este coyote de la casa.

—¡Suena fabuloso! —digo con demasiado entusiasmo, y miro a mi abuela—. Regreso a casa antes de la cena. Te lo prometo.

—Está bien, mi niño. —Mira la bolsa de lona que me cuelga del hombro y enarca una ceja. El estómago me da un vuelco—. ¿Y qué hay en esa bolsa?

Aprieto la mano alrededor de la correa de la bolsa. Rezo porque el coyote no mueva ni un músculo.

—Solo unas pistolas lanza dardos que le quería enseñar a Talib.

Mi abuela asiente.

—Bueno, diviértanse. Chao, pescao.

—¡Y a la vuelta, picadillo! —respondo, encaminándome a la puerta, detrás de María Carmen y Talib.

Talib mira la bolsa de lona.

—¿Pistolas lanza dardos? ¡Chévere! —dice.

El coyote ladra adentro de la bolsa. Talib pone los ojos como platos y se aleja de un brinco.

—Anjá, no es cierto. Solo me hacía falta sacar a nuestro amigo herido de la casa. —Miro a María Carmen—. Entonces, ¿cuánto vamos a estudiar?

Una sonrisa crece en las comisuras de la boca de María Carmen.

—Eso tampoco era exactamente la verdad. Tenía en mente otra misión. —Señala hacia el bosque detrás de nuestras casas.

Talib suelta un quejido.

—¿El bosque de nuevo? ¡Dijiste que íbamos a estudiar de verdad!

María Carmen se pone las manos en las caderas.

—¿Y para qué te iba a sacar de tu casa para llevarte de vuelta?

Talib se muerde el labio.

—Oh, sí.

Val se retuerce en la bolsa.

—Entonces, ¿cuál es el plan real? —pregunto—. De todos modos, tengo que llevar a este tipo de vuelta al bosque.

María Carmen se quita la mochila de los hombros y abre el zíper. Mete la mano y saca un par de alicates.

—Se me ocurrió que nos podríamos cerciorar de que Brandon no le haga daño a más ningún animal del bosque. Y podemos buscar al perro de Talib. Y hasta a mis cabras.

Escucho unas palabras amortiguadas que provienen de la bolsa:

—Eso me parece bien.

Suelto una risotada.

—Me gusta cómo piensas. Vamos.

Nos encaminamos al bosque. Me pongo a escanear detrás de cada árbol, arbusto y cactus. La historia de Val acerca de la bruja me ha espantado un poco.

Muy similar a como estaba Talib la primera vez que atravesamos el bosque.

Una vez que nos hemos adentrado entre los árboles,

bajo la bolsa de lona al suelo y abro el zíper. Val sale a gatas y se estira, levantando el fondillo.

—No podías haber caminado más despacio, ¿verdad?

—De nada —le digo.

María Carmen se ríe a mis espaldas.

—Néstor, ¿le estás hablando a ese coyote?

Talib se encoge de hombros.

—Él a veces hace eso.

A pesar de lo bien que me caen María Carmen y Talib, no creo que esté listo para contarles mi gran secreto. Así que mantengo la boca cerrada.

Val se aleja de nosotros al trote, cantando: «Ven, conejito».

Me pongo de pie y miro a María Carmen.

—Bueno, vamos a buscar esas trampas.

Talib arrastra los pies por el suelo.

—Néstor, ¿estás seguro de que no tienes por ahí ninguna pistola lanza dardos? Tú sabes, por si nos volvemos a topar con Brandon. —Mi amigo hace una pausa y mira alrededor—. O cualquier otra cosa.

A lo mejor llevar un par de pistolas de dardos en la bolsa no habría sido mala idea, después de todo.

Aunque, más allá de lo efectivas que podrían ser en contra de un estudiante de sexto grado con dientes torcidos, no estoy seguro de cuánto nos ayudarían a mantener a raya a una bruja-glotona. Sobre todo cuando vemos un cactus centenario despedazado en el piso, como si un buldócer lo hubiera demolido.

Un dardo de poliespuma definitivamente no podría detener a lo que sea que fuera que hizo eso.

Nos separamos y comenzamos nuestra búsqueda de las trampas de Brandon. Por fin, luego de unos minutos, escucho a Talib gritar:

—¡Encontré una!

María Carmen y yo trotamos hasta él. Está parado sobre una trampa oxidada, igual a la que encontramos cerrada en la pata de Val.

—¿Y ahora qué?—pregunto.

María Carmen señala con el alicate los pequeños muelles en cada extremo de la trampa.

—Si le quitamos esos muelles, la trampa no podrá cerrarse más de golpe. Tan solo será un pedazo de metal en la hierba.

Se agacha, agarra una roca y la tira en el medio de la trampa. La roca le da a un pequeño plato de metal en el centro y la trampa se cierra de golpe. Talib y yo pegamos un brinco.

Con el alicate, María Carmen aprieta uno de los muelles y comienza a darle vueltas. Saca el muelle de la trampa y me lo tira. Yo lo meto en mi bolsa. Hace lo mismo con el tornillo en el otro extremo, y yo lo guardo con el otro muelle.

Nos adentramos en el bosque y las ondulantes ramas de los robles siempre verdes y los densos arbustos de mezquite nos engullen en las colinas. Nuestra búsqueda revela tres trampas más. Una está cubierta con la piel mudada de una serpiente. Talib le tira una piedra a cada una y María Carmen se ocupa rápidamente de quitarles los muelles. Yo sacudo la bolsa de lona, con la creciente colección de muelles de metal.

—¿Estamos seguros de que todas estas trampas son de Brandon? —pregunta Talib.

—Anjá. Se supone que lleven una etiqueta con el nombre del dueño, su número de teléfono y la fecha y la hora en que las pusieron. El hecho de que no tienen ninguna de estas cosas garantiza casi completamente que son de Brandon. Parece que lo suyo no es respetar las reglas —le digo.

—Tú sabes mucho de esto, Néstor —dice María Carmen.

Me encojo de hombros.

—Fui explorador de los Cub Scouts por un tiempito en Kentucky.

—¿Por un tiempito? —pregunta ella.

Me subo la bolsa incluso más alto en el hombro, con los muelles tamborileando en el interior.

—Bueno, siempre había muchas actividades para padres e hijos, y mi papá estaba fuera de casa durante la mayoría. En verdad no tenía muchas ganas de seguir siendo explorador.

María Carmen me suelta una mirada compasiva y me agarra del brazo.

—Yo... tengo que decirte algo.

La miro fijamente.

—¿Qué pasa?

—Anoche escuché a mi mamá en el teléfono. Le decía a alguien que vio a tu abuela corriendo a través del bosque hace un par de noches. Estaba bastante enfadada al respecto.

El estómago me comienza a dar un vuelco y agarro más fuertemente la bolsa de lona.

María Carmen suspira.

—Ella piensa que tu abuela tiene algo que ver con todos los animales que han desaparecido.

Las orejas se me calientan y el pulso me palpita en los dedos.

—¿Y qué piensas tú? —pregunto.

No quiero contarle de las etiquetas de oreja que encontré en la cocina o de su cuchillo clavado en un arbusto de mezquite en el bosque.

María Carmen niega con la cabeza.

—No, yo no lo pienso. Pero tienes que saber que la gente ha comenzado a hablar.

Talib se aclara la garganta a nuestro lado, con los ojos escaneando las colinas.

—Muchachos, creo que a lo mejor ya es suficiente por hoy, ¿no les parece?

Miro por encima de la colina hacia la cantera. El sol ha comenzado a ponerse, alargando las sombras como serpientes por el suelo. Las epifitas caídas parecen arañas que se arrastran por la hierba, con sus hojas delgadas extendiéndose en todas direcciones. Los gruesos troncos de los árboles ocultan a los glotones, con sus dientes listos para masticarnos los cuellos.

—Anjá, yo en verdad tampoco quiero estar por aquí en la oscuridad —dice María Carmen con voz temblorosa.

Le doy una palmada en el hombro a Talib.

—Estoy totalmente de acuerdo.

# CAPÍTULO 10

¡Hola, papá!

Tenemos nuestra primera competencia de conocimiento general en unos minutos, así que esta será una carta rápida.

Hasta ahora las cosas van bien en New Haven. Les enseñé a jugar dominó a María Carmen y Talib. Abuelo habría estado orgulloso. Sin embargo, no les enseñé todas las palabrotas que abuelo solía decir cuando jugábamos.

Me encontré una vieja libreta tuya en mi clóset. Es una enciclopedia de animales que tú hiciste, con dibujos y datos de animales y todo. Tus dibujos son... bueno, me alegra que hayas encontrado un buen trabajo en el ejército. ¡Es una broma! Tus notas son buenísimas. Ya veo de quién heredé mis conocimientos generales sobre los animales. Pero me parece que los datos sobre los animales que te dio abuela son comiquísimos. ¿Cómo sabe ella que a los armadillos les encantan las fresas y que los conejos les tienen terror a los gansos migrantes?

No le digas a mamá, pero fuimos al bosque detrás de la casa de abuela y nos deshicimos de unas trampas de caza que un cretino de la escuela puso ahí. Era lo correcto, papá, y tú siempre me has enseñado a hacer lo correcto.

Pero aun así, por favor, no se lo digas a mamá.

Te quiero mucho. Cuídate.
Néstor


Cierro mi cuaderno de dibujo y lo meto en la mochila. Esta es una de las primeras cartas que le he escrito a mi papá en las que no he mentido con tal de seguir la regla de mi mamá de Ser Siempre Positivo y Ser Siempre Feliz.

Imagínate tú.

Me encamino al auditorio para prepararme para nuestra competencia de conocimiento general. La señorita Humala nos asegura que estará orgullosa de nosotros sin importar lo que ocurra. Yo sé que ella tiene la secreta esperanza de que al menos contestemos tres preguntas correctamente.

No empezamos con buen pie. Brandon le pone un traspié a María Carmen que hace que sus tarjetas de estudio salgan volando por el escenario, y cuando Talib se agacha para ayudarla a recogerlas, le da un cabezazo en la nariz. Brandon suelta un resoplido y me quita la silla justo en el momento en el que me voy a sentar. Me golpeo el fondillo con el piso de madera del auditorio.

No creo que Brandon sepa todavía lo que le hicimos a sus trampas. Tan solo se está comportando de manera habitual, tan encantador como una mofeta.

La señorita Humala se sienta en la primera fila de la audiencia, con la cabeza entre las manos, y murmura:

—Tres preguntas. Solo tres preguntas.

Mi abuela y mi mamá están también sentadas en primera fila y me saludan con la mano y sonríen. Mi mamá levanta el teléfono, toma varias fotos y me saluda con la mano.

Una mujer tres filas detrás de ellas le susurra algo al hombre que está sentado a su lado y señala a mi abuela mientras frunce los labios. Intento no pensar en lo que María Carmen me dijo.

Nuestros contrincantes, cuatro estudiantes de la secundaria de Burleson, entran y toman asiento; todos tienen mala cara. O su maestro los ha amenazado con detenciones eternas en las que tengan que quitar el chicle de los escritorios o el agua en Burleson está contaminada con un químico que hace que sea imposible sonreír.

La señorita Humala, con desgano, nos levanta a medias el pulgar desde su asiento.

El moderador ocupa su sitio en el podio frente a nosotros. Parece estar compitiendo en un concurso de ver cuán por encima del ombligo se puede poner uno los pantalones. Definitivamente habría ganado.

Luego de aclararse la garganta en múltiples ocasiones, el señor Pantalones-al-pecho le echa un vistazo cauteloso al micrófono, probablemente para ver si nosotros seguimos la tradición del equipo anterior de conocimiento general de New Haven que le puso pegamento. Le da unos golpecitos a la parte por donde se agarra el micrófono y, al ver que no tiene pegamento, acerca la boca a él y respira profundamente.

—Muy bien, concursantes. Comencemos. Esta competencia consiste en diez preguntas con valor de cien puntos cada una, que serán respondidas por el equipo que suene el timbre primero. Si la respuesta es correcta, el equipo podrá responder una pregunta extra con valor de treinta puntos. Como esta es nuestra competencia regional para sexto grado, nos concentraremos en el tema seleccionado: zoología.

María Carmen nos sonríe a Talib y a mí y le da vuelta a una trenza en la mano. Ignora a Brandon.

—Esto es pan comido para nosotros, chicos. Yo sé que podemos ganar.

—Concursantes, tomen sus timbres.

Intento concentrarme en la pregunta que se avecina, pero en lo único en lo que puedo pensar mientras miro fijamente a la audiencia es en lo mucho que me gustaría que mi papá estuviera aquí junto a mi mamá y a mi abuela. Esto le encantaría.

El señor Pantalones-al-pecho respira en el micrófono y, con una voz que parece salida del altoparlante de uno de esos restaurantes en los que se pide comida desde el carro, pregunta:

—¿Cómo se le llama a un grupo de rinocerontes?

Justo en el momento en el que voy a tocar el timbre, Brandon le da un manotazo al suyo a mi lado.

—Una baba —dice, y me mira y sonríe burlonamente. Sabe que esa no es la respuesta correcta. Está tratando de sabotearnos.

El señor Pantalones-al-pecho niega con la cabeza y una rubia con cola de caballo del equipo de Burleson hace sonar el timbre.

—Una manada.

María Carmen da un pisotón bajo la mesa mientras Brandon se ríe disimuladamente.

El equipo de Burleson responde correctamente la pregunta extra y, así como así, estamos perdiendo 0–130.

Me vuelvo a Talib y le susurro:

—No importa lo que vayas a hacer, toca el timbre antes de que Brandon lo haga. Incluso si no te sabes la respuesta.

El señor Pantalones-al-pecho se acerca más al micrófono:

—Con apéndices que parecen garrotes, ¿qué animal puede golpear tan rápido el agua que crea burbujas llenas de vapor que aturden y matan a sus víctimas?

Talib le da manotazos a su timbre una y otra vez.

—¡La langosta mantis!

Perdemos la pregunta extra pues Brandon le da una patada a Talib por debajo de la mesa cuando intenta responder. 100–130.

Respirando pesadamente sobre el micrófono, el señor Pantalones-al-pecho continúa con la próxima pregunta:

—¿De qué animal se rumoreaba incorrectamente que enterraba la cabeza en la arena cuando tenía miedo?

Un niño esquelético de Burleson toca el timbre.

—¿La jirafa?

La rubia de la cola de caballo le da un codazo tan duro en el brazo que me temo se lo ha partido en dos como si fuese un pretzel.

—Lo siento, joven. Eso es incorrecto. —El señor Pantalones-al-pecho mira a nuestro equipo.

Toco el timbre antes que Brandon.

—El avestruz.

—Muy bien, joven. —El señor Pantalones-al-pecho sonríe mientras se sube el pantalón incluso más arriba.

Respondemos correctamente la pregunta extra porque Brandon está demasiado distraído con la mirada letal que le da la señorita Humala. Tres respuestas correctas para nuestro equipo. Mi mamá y mi abuela aplauden tanto después de cada una de nuestras respuestas correctas que el señor Pantalones-al-pecho tiene que esperar a que terminen antes de pasar a la próxima pregunta.

El moderador nos dispara más preguntas e intercambiamos respuestas correctas con el equipo de Burleson. Cada vez que el equipo de Burleson responde incorrectamente, la rubia de la cola de caballo asalta al niño esquelético con el codo. Es posible que ese niño esté deseando haberse unido al equipo de fútbol americano en lugar de a este club. De ese modo, lo habrían aniquilado de un golpe y no poquito a poco por una súper entusiasta compañera de equipo.

Para cuando llegamos a la última pregunta, miro al resultado y veo que estamos por debajo por tan solo una ronda: 430–530. Si respondemos la última correctamente, empatamos. Y si acertamos en la pregunta extra, ganamos. La señorita Humala está sentada en el borde del asiento. Tiene sus largas uñas clavadas en el reposabrazos. Mi mamá levanta el teléfono y lo filma todo. María Carmen da brinquitos en su silla y suspira profundamente.

—Esto es pan comido para nosotros. Esto es pan comido para nosotros. Yo sé que esto es pan comido para nosotros.

Brandon se inclina hacia mí y susurra:

—Prepárate para perder.

El señor Pantalones-al-pecho se aclara la garganta ruidosamente en el micrófono.

—Con la habilidad de volver a su juvenil etapa de pólipo, este animal puede retrasar la muerte en repetidas ocasiones.

Brandon le da un manotazo al timbre, pero la de la cola de caballo suena el suyo primero. El señor Pantalones-al-pecho la señala, y ella se inclina hacia adelante y anuncia en el micrófono:

—El aguamala.

El señor Pantalones-al-pecho se limpia el sudor de esa frente que no ha visto el sol mientras esperamos ansiosamente su veredicto. Suelta un profundo suspiro.

—Lo siento, eso es incorrecto.

Le doy un codazo en el costado a Brandon mientras Talib hace sonar su timbre furiosamente.

—¡La medusa inmortal! —grita, incluso antes de que el señor Pantalones-al-pecho le dé la palabra. La niña de la cola de caballo da un puñetazo en la mesa y nos lanza dagas con los ojos.

El señor Pantalones-al-pecho suelta una sonrisa burlona.

—Eso es correcto. Estamos empatados. —Se toma su tiempo para sacar la tarjeta con la pregunta extra.

—Muy bien, concursantes. La pregunta final —dice, y se hala la cintura del pantalón—. El nombre de este animal también significa "goloso" debido a su feroz apetito y su hábito de comer rápidamente y no dejar nada, luego de despedazar a su presa con sus afiladas garras y sus filosos dientes.

Me cae una piedra en el estómago. Trago en seco. María Carmen le sacude una de sus trenzas en la cara a Brandon y lo distrae. Yo aprieto el timbre y el señor Pantalones-al-pecho me mira y se pasa la lengua por los labios.

—El glotón —balbuceo.

—¡Correcto! ¡Gana New Haven! —exclama el señor Pantalones-al-pecho y aplaude.

María Carmen suelta un gritito a mi lado y Talib salta en su silla. Brandon da un cabezazo en su mesa. Yo los ignoro, con el corazón aún latiéndome en los oídos. La señorita Humala salta al escenario y me echa los brazos por encima. Me hala hacia sí para darme un abrazo, afortunadamente corto, ya que no hay nada peor que ser abrazado por una maestra. Luego va al resto de nuestro equipo, pero en lugar de abrazar a Brandon le pone una mano firme en el hombro y aprieta los labios.

—No es un buen comienzo, Brandon. No es un buen comienzo —dice, moviendo la cabeza.

Brandon se encoge de hombros y sale del auditorio pisando fuerte.

Mi abuela y mi mamá corren hacia mí sonriendo y aplaudiendo.

—¡Un selfi de la victoria! —grita mi mamá, y aleja el teléfono.

Talib María Carmen y yo nos apiñamos junto a ella mientras toma la foto. Se las arregla para cortar la mitad de la cara de Talib y los ojos de María Carmen.

Aun así, me alegra que mi papá pueda ver a mis nuevos amigos.

Incluso si es tan solo una parte de ellos.

Mi abuela me envuelve en un abrazo con olor a lavanda.

—¡Felicidades, mi niño!

—Gracias, Buela —digo.

Al mirar a los asientos en el auditorio, noto que la mujer que andaba susurrando detrás de mi abuela ahora habla con otras tres personas. Todos nos miran con cara sospechosa.

Quiero saber qué dicen, pero tengo miedo de enterarme.

Me vuelvo hacia Talib y chocamos los cinco. Mi amigo continúa riendo y saltando en puntas de pie. Suspira aliviado.

—No pensé que tendríamos que jugar contra un compañero de equipo. —Miro por encima de su hombro y veo que la señorita Humala va apresuradamente a un costado del escenario, detrás de una cortina.

—Qué ridiculez —dice María Carmen, con las manos en las caderas—. ¿No podría Brandon limpiar la basura en la cafetería o algo por el estilo? ¿Por qué tiene que estar en nuestro equipo?

Creo que esa es una pregunta excelente para la señorita Humala, pero ella parece ocupada hablando con alguien a un costado del escenario. No puedo escuchar lo que dice, pero mueve las manos descontroladamente y tiene las mejillas coloradas. Luce muy enojada.

Me separo de María Carmen para ver si puedo averiguar con quién discute la señorita Humala. A medida que me acerco, una enorme serpiente de color marrón se aleja de ella arrastrándose... y sale por la puerta trasera del escenario.

# CAPÍTULO 11

**CUANDO ASISTES A TANTAS ESCUELAS** como yo, conoces a muchos maestros. Algunos se toman el trabajo de aprenderse tu nombre. Otros no se dan cuenta de que te están poniendo el fondillo en la cara cuando se inclinan para ayudar al niño que está a tu lado. Algunos sueltan una risa maniaca cada vez que te equivocas al multiplicar. En Fort Lewis, en Washington, tenía un profe de Educación Física que te daba crédito extra si te podías meter más bombones en la boca de los que él se metía (¡diez puntos extra para mí!). Pero nunca había tenido una maestra que discutiera con una escamosa serpiente de diez pies de longitud.

Entre lo que acabo de ver y la bruja-glotona que merodea por el bosque, New Haven tiene más cosas raras de las que me gustaría.

Niego con la cabeza, intentando expulsar la imagen de una enorme serpiente de color marrón de mi cerebro y enfocarme en nuestra victoria. María Carmen, Talib y yo nos escurrimos a través de las puertas laterales del auditorio.

Haberle derrotado al equipo de Burleson nos hace sentir bien... sobre todo teniendo en cuenta lo amargadas que lucían sus caras y lo duro que Brandon trabajó en nuestra contra.

—Yo sabía que esto era pan comido para nosotros. —María Carmen aplaude y sonríe.

—Sí, eso fue genial. —Levanto la mano y María Carmen y yo chocamos los cinco.

Lo hicimos mejor de lo que esperaba y, sobre todo, no me tuve que mudar de nuevo antes de la competencia. Seguramente rompí un récord. Si estoy en New Haven el tiempo suficiente, a lo mejor tengamos oportunidad de competir por el título del campeonato.

Si tan solo estuviera aquí en mayo.

Talib me da una palmadita en la espalda.

—Oye, tengo una idea. Vayamos a la farmacia a celebrar.

—¿A la farmacia? ¿Y cómo vamos a celebrar? —pregunto—. ¿Cubriéndonos con curitas de super-héroes? ¿Comprobando quién tiene la presión sanguínea más alta?

Talib se ríe y niega con la cabeza.

—Ahí venden helado.

—Tengo una idea mejor —suelta María Carmen—. Vayamos a mi casa. Mi mamá prometió que haría churros si ganábamos. Le acabo de pasar un texto con la buena noticia.

Prefiero masa de harina frita empapada en canela que un cuestionable helado de farmacia cualquier día de la semana. Nos encaminamos a casa de María Carmen, lo que toma dos segundos, ya que New Haven es lo suficientemente pequeño como para no ser detec-tado en ningún mapa. Creo que lo cubre la x de *Texas*.

Y decidimos no ir a través del bosque.

María Carmen vive un pelín más allá de donde Talib y yo vivimos, un poquito en las afueras del pueblo. Su casa está en un gran terreno cubierto de robles siem-pre verdes y cedros. Noto una cerca de madera rota en la esquina de su patio, astillada y desperdigada por el suelo. Por ahí debe haber sido por donde salieron sus cabras.

O por donde entró algo.

Vamos dando saltitos de alegría por la entrada de gravilla, todavía eufóricos por la victoria, cuando una mujer alta y delgada aparece en la puerta principal.

—¡Felicidades! —grita, alzando los brazos.

—¡Gracias, mamá! —dice María Carmen, y le da un beso en la mejilla.

La mamá de María Carmen nos pide que entremos a su casa.

—Talib, *mijo*, ¿cómo estás?

—Bien, señora Córdova. Gracias. —Talib arrastra los pies detrás de María Carmen hacia la cocina.

La señora Córdova me mira con una sonrisa.

—¿Y tú eres... ?

—Néstor López. Mucho gusto en conocerla —digo.

La sonrisa desaparece de los labios de la señora Córdova. Frunce el ceño y me mira de arriba abajo.

—¿El nieto de Guadalupe López?

—Sí, señora.

Sin decir una palabra, la señora Córdova se vuelve sobre sus tacones y se dirige a la cocina y me deja solo.

Me muerdo el labio, recordando la llamada que María Carmen me mencionó.

Su mamá parece que todavía está enojada.

Voy a la cocina y me siento a la mesa junto a María Carmen. La señora Córdova pone platos delante de nosotros y, aunque me hace pegar un brinco, finjo ignorar que ella tira el mío con un poco más de rudeza que los demás.

María Carmen toma churros de la cesta que está frente a nosotros y los apila en cada plato.

—Se ven deliciosos, señora Córdova —dice Talib, y se lame los labios.

Tengo que admitir que los churros frescos huelen muy bien.

—Gracias, *mijo* —responde la señora Córdova, usando un colador para sacar más churros de la cazuela grande con aceite hirviendo que está en el fogón. Los pone sobre una toalla de papel, que absorbe el exceso de aceite, luego los coloca en un pozuelo con canela y azúcar. El azúcar brilla en la luz tenue de la cocina.

—Cualquier cosa para mis héroes vencedores —añade, dándole una palmadita a Talib en la espalda. Toma otro churro de la cesta y lo lanza a la montaña que Talib ya tiene en su plato.

Talib se traga el último bocado de churro y añade dos más a su plato.

—¿Todavía le hace falta que le ayude a arreglar la cerca este fin de semana?

La señora Córdova se vuelve hacia nosotros desde el fogón.

—Eso sería fabuloso —dice, y baja los ojos hacia mí—. Néstor también debería venir. Es lo menos que puede hacer.

—Mamá, por favor —dice María Carmen, silenciándola.

La señora Córdova da un golpe con el colador en el mostrador de la cocina, el aceite le salpica en la mano y sale como un bólido a la sala.

—Alabao, Néstor. Tú sí que causas muy buena primera impresión —dice Talib.

—No es culpa suya. Mi mamá todavía piensa que su abuela tuvo algo que ver con nuestras cabras —responde María Carmen.

Talib me mira fijamente.

—¿En serio? ¿Y *tú* crees que ella tuvo algo que ver, Néstor?

Me limpio la canela y el azúcar de las manos en los pantalones.

—Por supuesto que no.

La imagen de mi abuela caminando entre los árboles con paso decidido me viene a la mente. Los largos arañazos en su brazo. Lo que el coyote me dijo de que ella se había pasado el día en el bosque.

—Por supuesto que no —repito, intentando convencerme a mí mismo tanto como a María Carmen y Talib.

Talib agarra otro churro y se lo mete en la boca.

—Yo sé que ella no lo hizo. Seguro que fue esa bruja-glotona quien se llevó a mi perro.

María Carmen asiente.

—Yo sé que tú también la viste.

Niego con la cabeza.

—Esperen un momento. ¿De qué hablan ustedes?

María Carmen se sacude la canela y el azúcar de las manos.

—Yo sé que no fue tu abuela. La noche que se perdieron nuestras cabras, vi una enorme serpiente de color marrón arrastrándose por nuestro patio. Mamá no me creyó. Dijo que el shock me hacía ver cosas.

Le pasa la cesta de churros a Talib, que coge dos más.

—Yo pensé que tenía razón. A lo mejor me estaba

imaginando cosas. No fue hasta que le dije a Talib lo que vi que él me dijo lo de su perro.

Talib se traga un bocado de churro y dice:

—Pobre George. Una cosa es que te ataque un glotón. La otra es que te arrastre una serpiente. ¿Pero ambas a la vez? —Niega con la cabeza—. Yo vi a ese glotón en el bosque cuando estaba intentando encontrar a George. Entonces el pelaje le comenzó a saltar por los aires y se convirtió en una serpiente. Una enorme serpiente de color marrón. Pensé que el taco que me había comido en el desayuno me había caído mal.

—Todavía no puedo creer que el nombre de tu perro fuese George —digo.

—Concéntrate, Néstor —dice María Carmen—. Todos sabemos que hay algo en el bosque. Algo raro que no debería estar ahí. Un glotón o una serpiente. O ambas cosas.

Aparto el plato y los churros se me revuelven en el estómago.

—Tenemos que hacer algo al respecto. No puedo permitir que nadie piense que mi abuela tiene algo que ver con esto. Yo sé que la gente hablaba de ella en la competencia.

María Carmen baja la vista y aplasta el azúcar en su plato con los dedos.

—Lo siento, Néstor. Esto lo vamos a resolver.

Hacemos planes de reunirnos mañana en casa de Talib y buscar a la bruja en el bosque. No estoy seguro de qué vamos a hacer si la encontramos.

Probablemente correr y gritar. Eso parece una reacción completamente normal al enfrentarse a una bruja-serpiente-glotona.

Con el estómago lleno de masa de harina frita y azúcar, miro el atardecer por la ventana. Tengo que regresar pronto a casa, así que cruzo la sala de María Carmen y me detengo en seco al mirar encima de su chimenea. Sobre la repisa hay una bandera de los Estados Unidos, doblada en forma de triángulo, que muestra únicamente la parte azul con las estrellas blancas. La bandera está puesta en una caja triangular con un frente de cristal.

Es la bandera que les entregan a las familias de los soldados cuando los entierran.

La bandera que pusieron encima del ataúd del hermano de María Carmen.

Siento un nudo en la garganta y el estómago me da un vuelco.

María Carmen se para a mi lado y sus ojos siguen los míos hasta la repisa. Se le acerca y toma una foto enmarcada junto a la bandera. Pasa los dedos por el vidrio, sobre el rostro de un hombre vestido de uniforme, con una brillante cruz plateada con dos círculos que le cuelgan de la chaqueta. Se trata de una medalla de francotirador. Mi papá tiene una igual.

—Luce valiente, ¿no es cierto? —pregunta, con lágrimas que le brillan en los bordes de los ojos.

Trago en seco.

—Sí. De veras que sí.

María Carmen devuelve la foto a la repisa y se seca los ojos. Me mira y sonríe débilmente.

—Me alegra que estés aquí. Después de que Carlos murió, todos mis amigos fueron agradables al principio. Pero luego les enojaba que yo estuviera triste todavía. Talib fue el único que no me abandonó.

Sonrío. Eso no me sorprende. Talib parece ser el tipo de amigo que no olvidaría escribirte.

María Carmen suspira.

—Mira, Néstor, solo porque esto le pasó a mi hermano... eso no quiere decir que tu papá...

Inhalo profundamente.

—Lo sé —digo—. Gracias. Me tengo que ir.

Salgo como un bólido por la puerta y me persiguen las imágenes de soldados que avanzan por calles polvorientas en Humvees, sin jamás saber qué es lo que hay a la vuelta de la esquina, calle abajo.

El concreto hace que me duelan los pies mientras corro por la acera. Doblo a la izquierda y corto entre dos casas y me adentro en el bosque. El sol ya se ha puesto por completo y el cielo es de un rojo feroz. Los pulmones me arden mientras tropiezo con raíces y piedras. No me importa lo que esté en el bosque o si un glotón me va a despedazar el cuello o si una serpiente me va a apretar hasta que los ojos se me salgan de sus órbitas. Eso no es nada comparado con lo que enfrenta mi papá a miles de millas de distancia.

Una mancha verde choca conmigo y me tumba al suelo. Le hago resistencia, pero me sujeta los brazos.

—Destruiste mis trampas —dice Brandon, con su aliento caliente que me sisea en la cara.

—Claro que sí. —Me retuerzo bajo su peso, pero me empuja contra el suelo y las rocas me arañan la espalda.

—No puedes hacer eso. —Brandon me suelta el brazo y da un puñetazo en el suelo al lado de mi cabeza.

Le lanzo una patada y me le escapo. Me pongo de pie de un salto y le grito:

—No me puedes decir lo que tengo que hacer. Y no puedes cazar lo que se te venga en gana.

—No. No. No me entiendes. —Brandon se agacha y golpea el suelo con los puños, arañándose los nudillos con las piedras—. Ella los necesita.

Me sacudo las manos en los *jeans*.

—¿De qué hablas?

Brandon me mira y se pasa el dorso de la mano por la cara. Sus nudillos ensangrentados dejan un hilo rojo que le atraviesa la boca.

—La bruja. Ella me obligó a ponerlas.

# CAPÍTULO 12

—¿TÚ HAS VISTO A LA BRUJA? —le pregunto a Brandon.

El muchacho se levanta de un salto y se me abalanza. Me tiro al piso y a un lado, y me escapo del golpe de Brandon, que se da de bruces contra un árbol y suelta un gruñido.

Jadeante, se recuesta al tronco del árbol e intenta recuperar el aliento.

—Te digo una cosa: mucha gente en el pueblo dice que tú vives con la bruja.

—Mi abuela *no* es la bruja.

Pateo una piedra, que le da a Brandon en el muslo. Él la agarra y la lanza hacia arriba y luego la atrapa con la mano. El pecho le sube y le baja con dificultad y comienza a reírse. El inquietante sonido se esparce a través del aire nocturno.

—No saben nada de la bruja real. Pero sí que están convencidos de que tu abuela tiene algo que ver con todos esos animales desaparecidos —dice en tono burlón—. Sería malo si alguien les dijera que ella se trae más cosas malas entre manos.

Pateo otra piedra y avanzo con paso firme hacia Brandon.

—No te pongas a decir nada de mi abuela. Déjala tranquila.

Brandon se levanta de un salto y me da un fuerte empujón en el pecho. El aire se me sale de los pulmones y me atoro.

—Entonces no te metas con mis trampas. Ella se va a enojar conmigo. Se pondrá tan pero tan enojada.

Me planto en seco.

—No te voy a permitir a ti... ni a ella... que le hagan daño a nadie más.

—¿Ah, sí? —Brandon me agarra por el pulóver con una mano y levanta el puño en dirección a mi nariz.

Cierro los ojos a la espera de la trompada que va a cambiar el ángulo de mi cara.

En vez de eso, escucho:

—¡Ay, compadre! ¡Qué asco!

Abro los ojos y veo una densa baba lechosa que le baja a Brandon por la mejilla. Me suelta la camisa y se la limpia con la mano.

—¿Esto es...?

—¡El relámpago blanco! —chilla Cuervito por encima de mí.

—¡Qué asco! —grita Brandon a la vez que una ardilla le salta de un árbol a la cabeza. Le hala el pelo y le araña las orejas mientras él mueve los brazos descontroladamente. Brandon agarra la ardilla y la tira al suelo. El animal trepa un árbol a toda mecha.

—Te cubrimos las espaldas, socio. No te preocupes —me dice.

Brandon me mira, con las mejillas rojas y el pecho que se le mueve agitadamente.

—Preparen, apunten, ¡fuego! —Escucho decir por encima de mí. Me echo un paso atrás por si la puntería de Cuervito no es muy buena.

Brandon me da un empujón y sale disparado entre los árboles, con la ardilla que corre a toda prisa detrás de él y Cuervito que lo sigue por los aires. Sus gritos desaparecen en la noche.

Me recuesto a un roble para recuperar el aliento.

Un matón al que lo han espantado una ardilla lunática y un cuervo temerario.

Una bruja que tal vez sea un glotón. O una serpiente.

Mientras corro a la casa de mi abuela, ensayo en mis pensamientos cómo exactamente le voy a explicar New Haven a mi papá.

Resulta que mi oportunidad aparece más rápido de lo que esperaba.

Escucho un grito en el piso de arriba en el momento en que entro en la casa de mi abuela.

—¡Néstor! ¡Apúrate! ¡Ven acá! —grita mi mamá.

Subo las escaleras dos peldaños a la vez y me encuentro a mi mamá sentada en su cama con la *laptop* frente a ella.

—¿Qué pasa? —le pregunto, sin aliento.

—Tu papá quiere hablar contigo —dice con una sonrisa de oreja a oreja. Su mano aprieta el anillo de mi papá que cuelga en su collar mientras me indica que me acerque a la cama.

Mi mamá me pasa la *laptop* y me da un beso en la coronilla.

—Disfruten la conversación —dice, y se encamina a las escaleras.

—Gracias, mamá —digo.

Miro al pequeño cuadrado en la pantalla que tiene el video chat de mi papá. Está rodeado por el fondo de pantalla en la computadora de mi mamá: un collage de los dibujos que he hecho. Sonrío al ver tiburones, águilas, tigres, hasta Chela la cierva. Mi mamá ha conservado todos mis dibujos, a su modo.

Mi papá me saluda en la pantalla. Me pregunto cómo le voy a decir que "hay una bruja en el bosque y creo que abuela podría saber algo al respecto" y hacer que eso encaje en el requisito de mi mamá de "Ser Siempre Positivo, Ser Siempre Feliz".

No se me ocurre nada.

—Hola, muchachón. ¿Cómo va la escuela? ¿Has encontrado algo bueno en el pueblo? —pregunta mi papá. Su uniforme de combate parece que ha sido lavado en polvo en varias ocasiones. Su pelo, que es normalmente muy corto, está un poquito más largo que la última vez que hablamos por video chat y le noto unas salpicaduras de gris. Su barbilla tiene una nueva cicatriz que cuenta una historia que probablemente nunca escucharé.

—Oh, va bien. Todo va bien. Nada del otro mundo —digo con una sonrisa apagada. Una bruja obligó al matón de la escuela a poner trampas en el bosque y abuela se cubre unos arañazos de vete a saber tú qué cosa hace en secreto. Anjá, completamente normal.

—Bueno, muchachón, tú sabes que aprecio mucho que cuides a tu mamá. —Se pasa la mano por el pelo. Noto cortadas en sus nudillos y me pregunto cómo se las hizo—. Yo sé que es difícil, pero haces muy bien eso de ser el hombre de la casa.

No me molesto en contarle a mi papá que me las arreglé para endulzar con sal en lugar de azúcar el café con leche de abuela esta mañana o que el taco del desayuno que destruí en el microondas ahora es un adorno permanente en el techo de la cocina.

Antes de la primera misión de mi papá, él me llevó a jugar a los bolos en Fort Carson, en Colorado. Nos atracamos de nachos baratos y refrescos mientras mi papá me decía cuál de sus oficiales superiores tenía un récord de bolos por debajo del suyo (todos). Me contó cosas que no venían a cuento de cultura militar, como que el ejército había intentado entrenar a los murciélagos para que lanzaran bombas durante la Segunda Guerra Mundial. Entre las ocasiones en que lancé la bola a la cuneta y las que di en el blanco, me dijo que yo era el hombre de la casa y que tenía que cuidar a mi mamá.

Yo estaba en segundo grado.

—Recibí el dibujo que me enviaste. —Mi papá pone frente a la cámara una imagen de un coyote rojizo que salta para atrapar al cuervo que vuela por encima de él—. Este es buenísimo. —No le digo que ese fue dibujado de la vida real mientras Val saltaba en mi cama—. Oye, tengo otra pregunta para ti. Esta no lo vas a adivinar más nunca. —Mi papá sonríe con satisfacción y se frota las manos.

Ya sé lo que viene.

Mi papá se aclara la garganta y pone las manos al frente, imitando lo mejor que puede a un presentador de un programa de juegos.

—¿Qué animal suelta un grito similar a una risotada que hiela la sangre después de que mata a su presa?

Por favor, que no sea un glotón. Pienso por un momento y le doy un manotazo a una almohada en la cama de mi mamá. La imagen de mi papá tiembla en la pantalla de la computadora.

—Fácil. ¡La hiena!

Mi papá se ríe.

—Estaba seguro de que no ibas a dar con la respuesta.

—¿Has visto hienas por allá?

—De eso nada, monada. Hemos estado... ocupados. —Mi papá baja la vista y hay una pausa incómoda en nuestra conversación. Entonces levanta la cabeza—. ¿Has hecho amigos?

Siempre me pregunta esto. Creo que se le olvida que la camaradería instantánea del ejército no ocurre en la secundaria. Es más parecido a una pelea a muerte en una jaula con burritos de la cafetería y natilla de chocolate.

En vez de responderle, le digo:

—Hay un niño que es bastante chévere. Está convencido de que a su perro se lo comió un glotón. A las cabras de mi otra amiga se las llevó una serpiente. Y hay un matón que ayuda a una bruja.

Mi papá frunce el ceño.

—¿Qué dijiste, muchachón? Creo que la conexión se cortó.

Me halo el dobladillo del pulóver.

—Nada.

Acabamos nuestro video chat con nuestro usual "te quiero mucho, cuídate". Me quedo mirando fijamente la pantalla mucho después de que mi papá se ha desconectado. Repito la conversación en mi mente y recuerdo su voz, el modo en que arruga esa nariz bronceada por el sol cuando se ríe. Quisiera haber podido meter la mano en la computadora y sacarlo a través de ella. De ese modo, él estaría a salvo y yo tendría a alguien que me ayudaría a entender este pueblo loco.

Cierro la *laptop* y me voy a mi cuarto. Me saco del bolsillo la brújula de mi papá y la pongo al lado de mi cuaderno de dibujo. Estoy a punto de pasar a la página de mis "Días en New Haven" cuando un golpe seco contra la ventana de mi cuarto me distrae. Miro al sicomoro grande que está fuera de mi ventana y veo que una de sus ramas gruesas da contra el cristal.

Excepto que no es una rama. Es una serpiente.

Su cola está enrollada alrededor de una rama que apunta hacia la casa. Su cuerpo se estira hacia la ventana y da un golpe con el hocico de color marrón contra el vidrio. Mis ojos saltan al pestillo de la ventana a ver si está cerrado.

No lo está.

La serpiente da otro golpe fuerte en la ventana, la abre y se lanza al piso de mi cuarto.

—Bueno, eso fue demasiado trabajoso para mi gusto —sisea, y enrosca su cuerpo y levanta la cabeza—. Tú deberías venir a mí la próxima vez, ¿no te parece? Te he visto merodeando demasiado por el bosque, querido.

Doy un paso atrás, alejándome de la serpiente.

—¿Perdón?

—Sí, has pasado demasiado tiempo en el bosque. Creando un caos con todo —responde la serpiente, y se me acerca lentamente.

Estoy seguro de que esta es la misma serpiente que María Carmen vio en su patio, la que se llevó sus cabras. La misma que le hizo algo al perro de Talib en el bosque. La garganta se me cierra cuando intento respirar.

Escojo mis palabras cuidadosamente.

—Entonces, si no le importa que le pregunte, ¿qué es lo que hace usted en un bosque de Texas?

¿En donde una serpiente como usted no tiene nada que pintar?

Intento una vez más dar otro paso que me aleje de la serpiente, pero ella se arrastra y se me acerca, acortando la distancia entre nosotros.

—Tú vas directo al grano, ¿no es así? —dice, metiendo y sacando la lengua—. Me sorprende que tu abuela no te haya puesto al tanto. Sencillamente estoy aquí para tomar el sol.

Miro alrededor de mi cuarto, preguntándome si me puedo lanzar a mi pistola de dardos que está en el piso de mi clóset antes de que esta serpiente me dé un abrazo sofocador. Tampoco es que un dardo de poliespuma le pueda hacer mucho daño a algo que se podría enrollar a mi cuerpo y romperme la columna como si fuese espagueti crudo.

—Tienes que mantener a tu abuela fuera del bosque —dice la serpiente, clavándome sus pequeños y brillantes ojos negros—. A ti y a tus amigos también les vendría bien mantenerse fuera de ahí. Ya han hecho suficiente daño.

El corazón me da tumbos en el estómago y estoy desesperado por sacar a esta serpiente de mi cuarto. Pero estoy tan cansado de no saber qué pasa. De no saber qué hace mi abuela en el bosque. De no saber exactamente qué se trae entre manos esta bruja. De no saber todo lo que le pasa a mi papá. Trago en seco y digo:

—¿Por qué la vi hablarle a la señorita Humala?

La serpiente inclina la cabeza y saca la lengua. Comienza a arrastrarse hacia la ventana y yo intento contener mi alivio creciente.

—Oh, querido, no esperarás que yo te lo cuente todo. Qué tonto. —La serpiente llega a la ventana y se vuelve hacia mí—. Tan solo no te metas en mi camino, déjame hacer lo que vine a hacer y estarás bien. Si optas por seguir tus pequeñas aventuras en el bosque y meterte en mis asuntos... bueno, casi puedo sentir cómo será exprimirte hasta que sueltes el último aliento.

Trago en seco.

—Entonces... ¿usted es la bruja? —balbuceo.

La serpiente se detiene. Da un golpecito con la lengua en el cristal.

—¿Una bruja? Oh, yo soy algo muchísimo mejor.

Saca el cuerpo fuera de la ventana y alcanza una rama del sicomoro. Se enrolla y comienza a deslizarse hacia el suelo.

Al darse la vuelta para mostrarme la lengua una última vez, dice:

—No me decepciones.

El estómago me da un vuelco a medida que la serpiente se escabulle por el patio de mi abuela en dirección al bosque.

Bajo las escaleras y le pregunto a mi abuela si tiene un martillo para cerrar la ventana de mi cuarto a cal y canto.

# CAPÍTULO 13

**HOY VOY A OBTENER LAS RESPUESTAS.** No importa cómo.

Mi papá le llama a esto observación de artillería. Cuando se encuentran una bomba que ha sido escondida en un edificio o enterrada a un lado de la carretera, envían a un robot controlado por control remoto a que investigue el área. Yo manejé uno un día de esos en que se reúnen todas las familias en Fort Carson. Tenía una cámara en la parte trasera que te permite ver exactamente dónde está el peligro.

Por desgracia, no tengo un robot controlado por

control remoto para que corra por el bosque que hay detrás de la casa de mi abuela. Mi papá y yo comenzamos a construir uno con piezas que habíamos comprado poco a poco, pero los pedazos sin terminar están desperdigados entre un puñado de cajas en mi clóset. Voy a tener que andar por allá afuera, sin saber si una serpiente gigante está enroscada en lo alto de un cedro, lista para darme un abrazo mortal. O si un glotón se oculta detrás de un árbol de mezquite a la espera de afilar sus garras en mi barriga.

Tengo en planes reclutar a Talib y María Carmen. Por aquello de que mientras más seamos más seguros estaremos.

Pero primero, el desayuno.

Bajo y me detengo en el último peldaño. Escucho a mi mamá hablándole a abuela en la cocina, en voz baja. Me pone nervioso.

Y pienso en mi papá.

—Lupe, ¿qué pasa aquí? —dice mi mamá—. Una desconocida se me acercó ayer en el supermercado y me soltó una diatriba de que tú tienes que mantenerte lejos de sus gallinas. Dice que te vio corriendo entre su patio y el bosque. Yo no tenía la menor idea de lo que decía.

—No es nada, muchacha. Solo habladurías. Nada de lo que preocuparse —responde mi abuela.

—Bueno, casi me pasó por encima con su carrito de la compra. No estoy segura de por qué estaría tan furiosa por nada.

Doblo la esquina y me aclaro la garganta al entrar a la cocina.

—Buenos día, Buela. Buenos día, mamá.

Mi abuela y mi mamá dejan de hablar y me sonríen; los labios de mi mamá forman una línea fina que le cruza la cara.

Voy hasta el fogón, en donde mi abuela está friendo croquetas de jamón, el desayuno de los campeones. Tomo una y hago ademán de metérmela en la boca.

—Suelta eso. Todavía están calientes —dice mi abuela a mi lado—. Su bata de casa del amarillo de las margaritas se mueve al compás de "Quimbara", de Celia Cruz, que sale de un radiecito que está en un rincón de la cocina.

Suelto la croqueta acabada de freír; la capa del crujiente pan rallado se me pega a los dedos. Casi puedo sentir el relleno salado del jamón, lo que me hace olvidarme de mi escamosa visitante de anoche. Al menos durante unos segundos.

Suena el timbre, y mi mamá se levanta lentamente de la mesa de la cocina, todavía cansada del turno nocturno en el hospital.

—¿Cuánto tiempo más? —pregunto con la boca ya haciéndoseme agua.

Mi abuela chasquea la lengua.

—Ay, qué impaciente.

Escuchamos un golpe que viene de la sala, seguido de unos gritos de mi mamá:

—¡No! ¡No!

Miro a mi abuela, que suelta el cucharón de madera, y salimos de la cocina a la carrera. Mi mamá está acuclillada en el piso abrazándose las rodillas y murmurando "no" una y otra vez.

En la puerta de la entrada hay dos hombres de uniforme. El corazón me da un salto a la garganta y corro hasta donde está mi mamá. La envuelvo en un abrazo y la aprieto mientras ella tiembla.

Esto no puede ser verdad. Mi cerebro vuela a la bandera doblada en la repisa de la chimenea de María Carmen. Mi mamá siempre ha detestado abrir la puerta en dondequiera que hemos vivido, por temor a que sean hombres de uniforme que vienen a notificarnos que lo peor le ha ocurrido a mi papá.

Al mirar de nuevo a los hombres, cierro los ojos y los vuelvo a abrir. Estos no son hombres. Son muchachos... de preuniversitario, para ser exactos. Probablemente del programa del cuerpo de reserva del ejército.

Uno de ellos se aclara la garganta y nos extiende un folleto.

—Eh, ¿quieren comprar rositas de maíz?

Mi abuela les dedica una mirada compasiva.

—Lo siento, niños. Creo que hoy no nos hacen falta rositas de maíz.

—Bueno, gracias, señora —dice uno de los muchachos. Se alejan por la entrada arrastrando los pies y echándole un último vistazo a mi mamá, que todavía está en el piso en mis brazos.

Le quito el pelo de la cara y le susurro al oído:

—No es lo que tú pensabas. Está bien. Papá está bien.

Mi mamá suspira profundamente sin alzar la cabeza.

—Lo sé. Sé que es estúpido. Es que cuando los vi...

Le tomo la mano y se la aprieto.

—Pensaste que venían a decirte que le había pasado algo a papá.

Mi mamá levanta la cabeza y me mira.

—En verdad no los vi. Lo único que vi fue sus uniformes. Es una tontería, pero he pensado en eso... —La voz se le traba en la garganta y se cubre la boca con la mano.

Recuesto la frente en la de mi mamá. Suspiro y me esfuerzo para que la voz no me tiemble.

—Lo sé. Yo también.

Mi abuela le echa los brazos por encima a mi mamá y los dos la ayudamos a ponerse de pie. Mi mamá se limpia las lágrimas de las mejillas y sonríe débilmente.

—Esos pobres muchachos van a pensar que estoy loca.

Miro a mi mamá y noto las arrugas profundas que le trepan de los bordes de los ojos a las sienes. Me encojo de hombros.

—No lo creo. Probablemente piensan que tú de veras detestas las rositas de maíz.

—Niño —me regaña mi abuela en tono juguetón, dándome un cocotazo de mentiritas en la parte trasera de la cabeza.

—Creo que me voy a acostar un rato —dice mi mamá, todavía con las mejillas coloradas.

La ayudo a subir las escaleras, y siento que se

recuesta cada vez más a mí con cada paso que da. Mi mamá siempre ha sido la fuerte, la que me ha pasado la mano por la espalda cuando lloro porque mi papá se ha perdido algo en la escuela o en la casa, cuando me preocupo por lo que veo en las noticias. Al sostenerla mientras pierde las fuerzas con cada peldaño, siento un peso que no estoy acostumbrado a cargar.

Cuando la acuesto en la cama y la cubro con la manta, le doy un beso en la mejilla.

—Él va a estar bien, mamá.

No me responde y da una vuelta en la cama y se aleja. Su largo suspiro llena el cuarto mientras ella se desinfla debajo de la colcha.

Le pongo la mano en el hombro y le doy un apretoncito.

—A le gente se le olvida lo que pasa en el medio —digo en voz baja, a sabiendas de que mi mamá casi no escucha—. Siempre hay desfiles cuando él se va y fiestas cuando regresa. Pero nadie habla de lo que pasa en el medio. —La tapo hasta el hombro con el cubrecamas y suspiro—. Nadie habla de esto.

Bajo las escaleras apesadumbrado y regreso a la cocina.

Mi abuela está sentada a la mesa, con un café con leche en la mano.

—¿Cómo está? —pregunta.

Abro la boca para responder, pero las palabras se me traban en la garganta producto de años de la ausencia de mi papá. Se ha perdido obras de teatro escolares, ferias de ciencia, cenas familiares, navidades y cumpleaños. Pero siempre queda la esperanza de que estará aquí para la próxima. Sí, no te preocupes, él estará aquí la próxima vez.

El día de hoy me recuerda que siempre hay una posibilidad de que no haya una próxima vez.

Y esta idea hace que se me hundan los hombros mientras pestañeo para contener las lágrimas.

Mi abuela me extiende los brazos y yo la dejo que me envuelva en un campo de margaritas, con mis sollozos inundando sus pétalos.

# CAPÍTULO 14

**TAL VEZ NO HAYA NADA QUE PUEDA HACER** por mi papá mientras está lejos, pero a mi abuela sí la puedo ayudar. Puedo hacer que la gente del pueblo entienda que ella no tiene nada que ver con los animales desaparecidos y puedo mantener a la bruja a raya, para que no pueda hacer más daño.

Les envié un texto a Talib y María Carmen diciéndoles que tenemos que hacer una pausa en la búsqueda en el bosque hasta el lunes. Mi mamá, mi abuela y yo nos pasamos el fin de semana envueltos en mantas en el sofá devorando telenovelas y croquetas mientras yo paso las páginas de la enciclo-pedia de animales de mi papá. Mi abuela y mi mamá discutieron acerca de si debíamos ver *Amor peligroso*, *Amor baboso* o *Amor amoroso de los amores*. Yo me limité a poner la cabeza en el hombro de mi abuela e inhalé su olor a perfume de lavanda.

Al menos mi abuela tampoco fue al bosque. Con algo de suerte, eso será suficiente para que la serpiente nos deje en paz.

Tomo la ruta que atraviesa el pueblo para ir a la escuela en lugar de caminar a través del bosque. Encontrarme a una serpiente asesina o a un glotón homicida probablemente me haría llegar tarde a clases.

María Carmen, Talib y yo nos sentamos en la parte trasera del auditorio a la espera de que el director Jelani calme al huracán de estudiantes para dar comienzo a su asamblea titulada "Comprende los cambios en tu cuerpo".

—Entonces, ¿qué hacemos hoy? —pregunta María Carmen alzando en la mano un paquete de tarjetas de estudio del club de conocimiento general—. ¿Nos preparamos para nuestra próxima competencia o investigamos el mal que está aterrorizando al pueblo?

Talib se encorva en su asiento.

—Decisiones, decisiones.

—La bruja. Definitivamente la bruja —respondo, demasiado rápido. María Carmen y Talib me miran. No les quiero contar acerca de mi escamosa visitante nocturna. De ninguna manera les puedo decir lo que pasó sin revelar mi gran secreto—. Yo, eh, creo que pelear contra la fatalidad inminente es mejor que ganar una competencia regional de Texas.

—Pero imagínate el honor. ¡La gloria! —bromea Talib.

—Imagínate que no te despedace un glotón —replica María Carmen.

—Ah, anjá. Eso. Entonces, ¿por dónde empezamos?

Nervioso, tamborileo con los dedos en el reposabrazos.

—De hecho, tengo un par de pistas.

María Carmen mete las tarjetas de estudio en su mochila.

—¿Qué?

Trago en seco y suspiro profundamente.

—Después de nuestra competencia del otro día, vi a la señorita Humala hablando con una enorme serpiente a un costado del escenario. Creo que ella a lo mejor tiene algo que ver con la bruja-serpiente-glotona.

Talib se queda boquiabierto.

—¿Estaba hablando con una serpiente? ¿Como si fuera una persona?

—Anjá, eso pasa, supongo. —Me froto la nuca. No les quiero decir que yo escuché a la serpiente decir "No me detengas" mientras se arrastraba para salir del auditorio—. Y por otra parte está Brandon.

—¿Qué cosa? ¿Él es la verdadera bruja? Eso tendría sentido —dice Talib, echándole un vistazo al auditorio en busca de nuestro favorito y camuflado estudiante de sexto grado.

—No. Después de que salí de tu casa —digo, y señalo a María Carmen—, me di de bruces con Brandon. O, mejor dicho, él se dio de bruces conmigo. Durísimo. Dijo que la bruja lo había obligado a poner las trampas.

María Carmen se muerde el labio inferior.

—Entonces cuando desmantelamos las trampas de Brandon...

—Existe la posibilidad de que hayamos desatado la ira de una bruja sicótica que nos puede despedazar el pescuezo como si lo hiciera un glotón o exprimirnos como toallas de carne como una serpiente.

Talib se pone la cabeza en las manos.

—Fantástico.

—Entonces, ¿cuál es el próximo paso? —pregunta María Carmen.

—Creo que deberíamos ir al aula de la señorita Humala e investigar un poco —respondo. No les digo que en verdad tengo planes de interrogar a Milla, la chinchilla de la clase.

Pasito a paso.

—Está bien, pero no sé qué es lo que piensas que vas a encontrar —dice María Carmen.

Talib vigila, manteniéndose al tanto de cuándo la señorita Humala abandona su sitio a un costado del auditorio. Me da un empujoncito y señala hacia la puerta trasera. La señorita Humala taconea por el pasillo con sus zapatos de tacón alto, con los labios cerrados y el ceño tan fruncido que sus ojos parecen ranuras. Parece como si fuera a descuerar a un bebé foca y comérselo en el almuerzo. La vemos ponerle una mano firme en el hombro a Brandon para sisearle algo al oído.

Los tres nos escurrimos del auditorio y vamos hasta el aula de la señorita Humala. Echamos un vistazo rápido al salón lleno de esqueletos de gato y frascos con ranas preservadas en formol. María Carmen va al escritorio de la maestra. Talib la sigue.

Yo voy directo a la jaula de Milla, que está sentada sobre sus patas traseras, rascándose la panza. Le doy unos golpecitos con el dedo a los barrotes de metal.

—Hola, Milla.

El animal me mira con sus grandes ojos negros.

—¿Me trajiste mango? ¿Zanahorias? El niño a cargo de alimentarme se sigue olvidando. Todo por cuenta de esa estúpida lista del "Trabajo de la semana".

—No, lo siento, mi socia—susurro.

Espero que María Carmen y Talib estén lo suficientemente ocupados buscando en el escritorio de la señorita Humala como para notar que estoy chacha-reando con la mascota de la clase.

Milla niega con la cabeza y se rasca su larga cola gris.

—Vale. Supongo que me voy a desvanecer. Ojalá haya un "deshacerse de la chinchilla muerta" en la lista de esta semana.

—Oye, te tengo una pregunta —digo, fingiendo mirar los libros que están en el estante detrás de la jaula—. ¿La señorita Humala recibe a visitantes en esta aula?

Milla hace una pausa.

—¿Visitantes? ¿Y tú por qué querrías estar al tanto de sus visitantes? —pregunta, y se va rápidamente al borde de la jaula y se entierra en la tela de la hamaca colgada entre dos barrotes.

Me muevo al armario que está al lado del librero y susurro:

—¿Existe alguna posibilidad de que tú la hayas escuchado hablar con una serpiente?

—¿Encontraste algo por allá, Néstor? —pregunta María Carmen a mis espaldas.

Abro el armario y se cae una cascada de pieles de animales. Pego un grito y doy un brinco hacia atrás, tumbando un vaso vacío. Lo atrapo justo antes de que llegue al piso.

—Solo un leve infarto al corazón —digo—. Sigue buscando por allá.

María Carmen y Talib siguen escarbando en las gavetas del escritorio de la señorita Humala.

Milla se asoma a mirarme.

—¿Tú conoces a la serpiente?

—Es posible que nos hayamos conocido hace unas noches —susurro.

Las garritas de Milla se aferran a la tela de la hamaca.

—Ten cuidado. Oh, debes tener mucho cuidado. Yo también la he visto hablando con la serpiente. Hace un par de meses se coló por la ventana y tuvo una discusión muy acalorada con la señorita Humala. Estaba segura de que iba a convertirme en un aperitivo antes del almuerzo.

—¿En serio? —Recuerdo lo que María Carmen y Talib dijeron acerca de cómo la señorita Humala cambió de ser una maestra que traía caramelos de menta a dictadora cascarrabias. Debe haber pasado más o menos al mismo tiempo.

—Sí, esa serpiente es despiadada. No te le acerques. Y por lo que más quieras, ¡no vayas al bosque!

—Néstor, ya casi se acaba la asamblea —dice María Carmen a mis espaldas—. Nos tenemos que ir.

—Bueno —digo—. ¿Y ustedes encontraron algo?

—Solo que a la señorita Humala de veras le gusta la carne seca —dice Talib—. Hay una montaña de envolturas de *beef jerky* en su escritorio.

—También son bastante viejas —dice María Carmen. Levanta una envoltura y me la muestra—. Algunas están cubiertas de telarañas. ¡Qué asco!

—Eso es de la serpiente —dice Milla a mi lado.

—¿Qué? ¿Y eso qué tiene que ver con la serpiente? —susurro.

—Ella no es solo una serpiente —gime Milla.

Talib cierra las gavetas del escritorio de la señorita Humala y dice:

—Néstor, deja de hablar con la chinchilla y vámonos.

Si él supiera.

María Carmen y Talib organizan las cosas en el escritorio de la señorita Humala y yo pongo todo lo que se cayó del armario de vuelta donde va. Estoy empujando la última de las pieles de animales en un estante cuando escucho:

—¿Y ustedes exactamente qué hacen en mi aula?

# CAPÍTULO 15

—¿POR QUÉ NO ESTÁN EN LA ASAMBLEA? —Los ojos de la señorita Humala dan brincos por toda la clase. Espero que hayamos puesto todo en su lugar.

María Carmen da un paso al frente y balbucea:

—Nosotros... buscábamos más tarjetas de conocimiento general sobre los animales para estudiar.

—¿Y por qué se perdieron la asamblea para buscar esas tarjetas? —La señorita Humala nos frunce el ceño. Escucho a Talib tragar en seco a mi lado.

Me aclaro la garganta.

—La culpa fue mía, señorita Humala. Los hice que vinieran conmigo. A mí en verdad no me gustan las asambleas escolares.

La señorita Humala se pone las manos en las caderas.

—¿Y se puede saber por qué?

Araño el piso con la suela del zapato y me meto las manos en los bolsillos.

—Durante la segunda misión de mi papá empecé a ver videos de reuniones familiares de sorpresa en YouTube. ¿Sabe de cuáles le hablo? El papá que sorprende a la familia en un juego de fútbol americano, la mamá que se les aparece a los hijos en medio de la cafetería. Mi mamá me obligó a dejar de mirarlos porque regresaba a casa cada día enojado porque mi papá no me había sorprendido ese día.

—¿De veras? —pregunta Talib a mi lado.

María Carmen lo mira con severidad y él frunce los labios.

—Entonces, yo estaba convencido de que mi papá se iba a aparecer para una gran reunión familiar en frente de toda la escuela cada vez que teníamos una asamblea o un partido de baloncesto o una obra de teatro. Me ponía tan nervioso que me pasaba el día vomitando en el baño. Convencí a María Carmen y Talib de que vinieran aquí conmigo para no tener que sentarme en esa asamblea. No tenía ganas de pasarme todo el día vomitando.

La expresión dura de la señorita Humala se suaviza un poco y suspira.

—Bueno, está bien. Pero ustedes en verdad no deberían estar aquí sin supervisión.

Asentimos con entusiasmo y nos encaminamos a la puerta.

—¿Encontraron lo que vinieron a buscar? —pregunta la señorita Humala a nuestras espaldas.

—¿Qué? —María Carmen se vuelve hacia ella, dándonos a Talib y a mí con las trenzas.

—Las tarjetas de estudio. ¿Las encontraron? —pregunta la señorita Humala, y camina hacia el armario que está detrás de su escritorio.

—Oh, no. No las encontramos.

La señorita Humala abre la gaveta de arriba del armario y saca un paquete de tarjetas de una carpeta. Las extiende hacia mí, y yo hago ademán de tomarlas, con la esperanza de que ella no vea que me tiembla la mano.

—Estas tarjetas son de nivel avanzado, pero creo

que ustedes se las pueden agenciar —dice la señorita Humala. No suelta las tarjetas a pesar de que yo intento tomarlas. Se inclina hacia mí y susurra—: Recomiendo muy encarecidamente no deambular solos por donde no deberían estar.

El aliento se me traba en la garganta y toso. La señorita Humala suelta las tarjetas de sus garras rojas y yo me las meto en el bolsillo.

—Gracias —mascullo mientras apuro el paso hacia la puerta.

—Creo que tengo que ir a casa a cambiarme los shorts —dice Talib mientras caminamos por el pasillo rumbo a nuestra próxima clase.

Ya en la clase de Historia, mientras ignoramos al señor Gearhart que suelta una perorata acerca de la batalla de San Jacinto, María Carmen se inclina hacia mí.

—¿Eso era verdad? ¿Lo que le dijiste a la señorita Humala? —pregunta.

Continúo coloreando las escamas de la serpiente que estoy dibujando en mi cuaderno, tratando de darle el matiz exacto de "te voy a exprimir los ojos fuera de sus órbitas mientras duermes".

—Anjá.

Talib me da un empujoncito.

—Yo siempre pensé que esos videos eran chéveres. Nunca se me ocurrió que podrían entristecer a alguien.

Me encojo de hombros.

—*Son* chéveres. No me malinterpretes. Es solo que cuando yo era chiquito, nunca sabía si mi mamá y yo íbamos a un partido de béisbol o íbamos a ver a mi papá. Si íbamos a comer helado o íbamos a ver a mi papá.

—Ir a hacerte un tratamiento de canal o ir a ver a tu papá —sugiere Talib.

—Exactamente.

—Eso me volvería loca —dice María Carmen.

El señor Gearhart se aclara la garganta al frente del aula y nos encorvamos sobre los escritorios fingiendo que tomamos notas.

Afortunadamente, el timbre suena y recogemos nuestras cosas.

—Bueno, parece que no averiguamos nada acerca de la bruja —dice María Carmen—. El aula de la señorita Humala fue un fracaso.

—En todo menos en provocarme una úlcera —dice Talib.

—Todavía creo que ella tiene algo que ver en este

asunto —digo mientras caminamos por el pasillo. No estoy seguro de cómo decirles que Milla me confesó lo de las conversaciones de la maestra con la serpiente.

Al pasar por el aula de la señorita Humala, me asomo y la veo detrás de su escritorio al frente del salón. Tiene la cabeza gacha y mira fijamente al suelo frente a ella.

—Esperen un momento —les susurro a Talib y a María Carmen. Ellos se paran detrás de mí mientras miro por la ranura del marco de la puerta—. Creo que está hablando con alguien. —Miro al suelo junto a su escritorio y veo una espiral de escamas de color marrón—. O *algo* —añado.

—¿Y qué le dice? —susurra Talib a mis espaldas.

Le indico con la mano que haga silencio y escuche.

—Yo vine aquí para alejarme de ti. Para alejarme de lo que hiciste la última vez. ¿Por qué tenías que seguirme? —susurra la señorita Humala.

Se escucha un golpe fuerte a un costado de su escritorio. Aguzo la mirada y veo una cola enrollarse alrededor del tobillo de la señorita Humala.

—Tienes que tener más cuidado. Estás causando demasiados problemas —le dice la señorita Humala a la serpiente—. Te van a descubrir, mamá.

¿Mamá?

# CAPÍTULO 16

**HE DELINEADO LAS PALABRAS** *QUERIDO PAPÁ*
tantas veces en la página de mi cuaderno de dibujo
que el lápiz ha roto el papel. Los eventos recientes en
New Haven definitivamente no encajan en la regla de
mi mamá de Ser Siempre Positivo, Ser Siempre Feliz.

Hago lo mejor que puedo.

Querido papá:

¡Ganamos nuestra primera competencia de
conocimiento general!

María Carmen, Talib y yo nos estamos

esforzando muchísimo para aprender datos sobre animales y poder sacar la pelota del parque en la próxima ocasión. Ahora definitivamente te voy a dejar sin respuesta. A ver...

Este anfibio da a luz a sus descendientes que salen completamente formados... ¡por la boca!

Anjá, Talib vomitó después de enterarse de eso.

Encontré unos carritos de Hot Wheels en el fondo de mi clóset. Uno era negro, pero alguien le escribió "RAL" a ambos costados con pintura de uñas roja. Vas a tener que practicar tus habilidades de pintor, papá. Es posible que yo le haya añadido unas llamas al techo, pero son moradas porque ese es el único color de pintura de uñas que abuela tiene. Aun así, luce bien.

Te quiero mucho. Cuídate.
Néstor

Club de conocimiento general. Los juguetes viejos de mi papá.

Ser Siempre Positivo, Ser Siempre Feliz.

Algún día encontraré el modo de contarle a mi papá lo que en realidad me pasa mientras él está lejos. Será el modo de dejarlo que sea mi padre en lugar de mi amigo por correspondencia.

—Tú sabes una cosa: existe un invento maravilloso llamado *email* que te permite enviar y recibir mensajes alrededor del mundo —me dice Talib, y alza una ceja mientras señala mi carta. Se inclina hacia ella y le echa un vistazo rápido a lo que he escrito—. Oye, yo *no* vomité.

—Te pusiste tan verde como la rana de Darwin del video que estábamos viendo.

—Bueno, está bien. Pero, hazme el favor, compadre. Bebés. Que le salen de la *boca*. —Talib se estremece con escalofríos.

María Carmen se aclara la garganta y da un par de golpecitos con su tenedor en la mesa de la cafetería. Todos ignoramos los espaguetis patitiesos y las esmirriadas zanahorias hervidas en nuestras bandejas.

De veras tengo que comenzar a traer mi propio almuerzo.

—Si no es mucho problema, muchachos, ¿les parece que podríamos hablar de ese fastidioso asunto de la bruja del bosque y el hecho de que es la mamá de la señorita Humala? —pregunta María Carmen, y se pone las trenzas sobre los hombros.

—Y de esa otra pequeñita nota al margen de que nuestro amigo Brandon trabaja para la bruja —añado.

Talib suspira y clava el tenedor en una zanahoria blanda.

—Sexto grado. Pan comido.

Miro a un rincón de la cafetería y veo a Brandon que está sentado solo y se come los fideos con más entusiasmo del que me hace sentirme cómodo.

—¿Por qué se me ocurre pensar que él preferiría que en su bandeja hubiesen ardillas vivas? —pregunto.

María Carmen niega con la cabeza.

—¿Entonces tú crees que la bruja, o la mamá de la señorita Humala, o quienquiera que sea, le pidió a Brandon que haga algo más?

Empujo los fideos en mi plato hasta que comienzan a parecer una serpiente.

—Solo hay un modo de averiguarlo.

Talib recuesta la cabeza en la pegajosa mesa de la cafetería.

—Por favor, no digas que tenemos que ir al bosque. Por favor, no digas que tenemos que ir al bosque.

Le doy una palmada a mi compañero en la espalda.

—Tenemos que ir al bosque.

—Detesto mi vida.

Cuervito vuela por encima de nosotros mientras avanzamos por el sendero a través del bosque, lanzándose en picado y obligándonos a esquivarlo.

—¿Y ustedes qué hacen? ¿Eh? —chilla mientras me pasa rozando cerca de la oreja.

Lo espanto con la mano. Le quiero preguntar si ha visto algo sospechoso en el bosque, pero María Carmen y Talib me siguen muy de cerca.

—Y entonces, ¿qué es exactamente lo que estamos buscando? —pregunta María Carmen al darle una patada a una piedra en el sendero.

Me encojo de hombros.

—No lo sé. ¿Más trampas?

Una ardilla cruza el sendero delante de mí y pregunta:

—¿Vinieron de excursión?

Niego con la cabeza.

Talib mira a nuestras espaldas.

—¿Tú estás seguro de que... no hay nadie más por estos lares?

Señalo a la ardilla que todavía está sentada frente a mí.

—No sé. Preguntemos —bromeo—. Oye, ardilla, por alguna casualidad, ¿no habrás visto a una bruja merodeando por aquí, aterrorizando a tus congéneres, las criaturas del bosque?

María Carmen y Talib me miran raro y se ríen con desgano.

La ardilla me mira fijamente.

—Está en todas partes. Detrás de cada árbol, debajo de cada piedra.

Asiento levemente y trago en seco. Levanto las manos en el aire y les digo a María Carmen y Talib:

—Bueno, no nos ha ayudado para nada.

María Carmen niega con la cabeza.

—Sigue buscando trampas, Néstor.

Buscamos bajo cada roble siempre verde y cada cedro, cada arbusto de mezquite y cada cactus. Lo único que encontramos es otra trampa de Brandon que no habíamos visto antes.

—¿Creen que la bruja ya hizo lo suyo? A lo mejor ya

se va a otra parte —dice Talib, y pone los muelles de la trampa de Brandon en su bolsillo.

—No lo creo —digo—. Cuando le habló a la señorita Humala, sonaba como si todavía tuviera algo pendiente. Y tú habrás visto todos los carteles de animales perdidos en el pueblo, ¿no es así?

Talib asiente.

—Ya no es posible ver ninguna de las ventanas en el centro del pueblo. Están llenas de carteles.

—Bueno, ¿y ahora qué? ¿Cómo vamos a mantener a los animales a salvo? ¿Cómo vamos a hacer para que todo el mundo en el pueblo deje de pensar que mi abuela está involucrada en esto?

María Carmen suspira y se sienta en el tronco de un árbol caído.

—Me parece que a ustedes no les va a gustar esta idea, pero… —Hago una pausa y me pregunto cómo María Carmen y Talib van a tomar lo que estoy a punto de decirles.

—Oh, Néstor, no lo digas —murmura Talib, con la cabeza entre las manos, mientras se sienta al lado de María Carmen.

—Tenemos que hablar con Brandon —digo.

María Carmen frunce los labios y asiente.

Talib ni me mira.

—O podríamos saltar a un volcán. O nadar con tiburones que han sido genéticamente convertidos en zombis.

María Carmen le da un empujoncito a Talib con el codo. Yo le pongo la mano en el hombro:

—No te preocupes, Talib. Todo va a salir bien. No dejaremos que nada te ocurra.

Talib levanta la vista hacia mí y sonríe. Saca la barbilla y pestañea con sus largas pestañas negras.

—Solo prométeme que nadie va a arruinar esta belleza de cara.

Le doy una palmadita suave en la mejilla.

—Vamos.

Seguimos por el sendero, más allá de una colina y un terreno de arbustos de mezquite. El sol se pone en el cielo, escondiéndose detrás de la cantera al oeste.

—Una preguntica rápida: ¿alguno de ustedes sabe dónde vive Brandon?

María Carmen y Talib se miran entre sí y se encogen de hombros.

—¿En serio? —digo—. Pero si este pueblo pudiera caber en el lomo de un mosquito.

Se vuelven a encoger de hombros.

Continuamos por el sendero rumbo a nuestras casas, todavía tan perdidos como cuando entramos al bosque. En mi frustración, le doy una patada a una piedra que sale rodando por la tierra.

Estamos casi a la altura del cactus centenario, el punto en el que por lo general nos separamos, cuando escucho un grito que viene del fondo de la siguiente colina.

—¡Néstor! ¡Néstor! ¿Dónde estás?

Reconozco la voz.

Chela, la cierva, viene hacia nosotros a la carrera, con los cascos golpeando fuertemente el lodo y las fosas nasales ensanchadas.

—¡Néstor, cuidado! —grita María Carmen.

Nos apartamos del sendero de un salto, pero Chela para en seco de un patinazo directamente frente a nosotros.

—Néstor, es tu abuela —dice—. Tienes que venir conmigo. Está herida.

# CAPÍTULO 17

—¿MI ABUELA ESTÁ HERIDA? —LE PREGUNTO A CHELA—. ¿Dónde está?

—En el bosque, un poco más allá de tu casa. No es lejos —responde, dándose la vuelta y corriendo a toda prisa por el sendero—. ¡Apúrate!

Corro tras Chela, con el corazón palpitándome fuertemente y los pies resbalando en las colinas rocosas.

No noto que María Carmen y Talib corren detrás de mí hasta que escucho a María Carmen gritar:

—¡Néstor! ¿A dónde vas? ¿Qué pasó?

No le puedo responder ahora. Tengo que encontrar a mi abuela. Tengo que ayudarla.

Al ver la casa de mi abuela en la distancia, comienzo a buscar en el bosque. Hay un arbusto de mezquite que luce como si lo hubiese golpeado una bola de demolición. Hay una rama de un cedro destrozada en el suelo. Un cactus ha sido hecho trizas, con largas marcas de garras que forman cicatrices en su corteza.

Chela se desliza detrás de un árbol y dice:

—Aquí, Néstor. Está aquí.

Corro hacia donde Chela está parada y veo a mi abuela en el suelo, recostada a un serpenteante roble siempre verde. Marcadas en la corteza encima de ella hay tres largas líneas dentadas. Mi abuela jadea haciendo un esfuerzo por respirar. Un pequeño hilo de sangre le corre como una serpiente desde la frente hasta el ojo.

—¡Buela! —Casi no escucho mi propia voz por el ruido que hacen los latidos de mi corazón en mis oídos.

Mi abuela levanta la mano hacia mí en cámara lenta.

—Ay, mi niño. Me encontraste. Me encontraste. Eso es bueno...

La voz le falla y los párpados comienzan a cerrársele lentamente.

Se me hace un nudo en la garganta cuando me agacho a su lado y le pongo las manos en los hombros.

—Ay, madre mía, señora López —dice María Carmen a mis espaldas. Se agacha al otro lado y le quita a mi abuela el pelo de la frente.

Mi abuela hace una mueca de dolor.

—Ese maldito ratón —dice, y comienza a soltar una retahíla de imprecaciones que hacen que María Carmen y yo nos sonrojemos. Talib está de pie detrás de nosotros, sin darse por enterado del asalto verbal de mi abuela.

—¿Está bien? —pregunta.

—No lo sé. —Las mejillas de mi abuela están coloradas y tiene una fea cortada que le cruza la frente. Se aguanta el brazo izquierdo y se encoge de dolor cuando se lo toco.

Mi abuela respira profundamente.

—Gracias. Gracias, mi amiguita. Yo sabía que lo ibas a encontrar.

Me doy cuenta de que le está hablando a Chela, que está parada detrás de nosotros.

—Buela, ¿y tú también la entiendes?

Mi abuela suspira y levanta la mano hasta mi mejilla.

—Mi niño, mi niño, yo sabía que tú tenías el don. Yo siempre supe que tú tenías el don.

La barbilla me tiembla mientras le cubro la mano con la mía.

—¿Señora López? ¿Usted cree que se puede poner de pie? —pregunta María Carmen.

Mi abuela asiente, y Talib, María Carmen y yo nos juntamos a su alrededor para ayudarla a levantarse. Avanzamos hacia la casa lentamente. Mi abuela va entre Talib y yo mientras María Carmen patea las rocas y las ramas para sacarlas del camino.

La puerta trasera de la casa cuelga de las bisagras, abierta, y en la cocina hay una silla boca arriba, con una de las patas arrancadas. La máquina de coser de mi abuela está a su lado en el piso, destrozada, y un uniforme de color verde claro de mi mamá está hecho trizas y desperdigado por el suelo. Atravesamos la sala y lentamente ponemos a mi abuela en el sofá.

—Hay un botiquín de primeros auxilios arriba en el baño —le digo a María Carmen—. ¿Puedes ir a buscarlo?

María Carmen sube a la carrera mientras yo busco un paño húmedo en la cocina. Se lo pongo a mi abuela en la frente y ella inhala rápidamente.

—¿Y Celia? ¿Dónde está Celia?

Talib echa un vistazo alrededor de la sala.

—¿Y quién es Celia?

Le aguanto la mano a mi abuela.

—¿De qué estás hablando, Buela?

Una gata atigrada de color naranja sale de debajo de la mesita de la sala y yo pego un brinco.

—¿Está bien? —pregunta la gata.

—Creo que sí —respondo—. ¿Viste lo que pasó?

María Carmen regresa del baño y me entrega el botiquín de primeros auxilios. Talib se inclina hacia ella y susurra:

—Primero, Néstor estaba hablando con el ciervo y ahora le está hablando a este gato. ¿Alguien me puede decir aquí qué está pasando?

Le limpio la sangre de la frente a mi abuela y examino la cortada. No es muy profunda, pero le corre por toda la línea del pelo. Algo le lanzó un zarpazo. Algo con garras.

—¿Va a estar bien? —pregunta María Carmen—. ¿Crees que tenemos que llevarla al hospital?

—Ay, no. Nada de hospital. Tu mamá está ahí —dice mi abuela—. Si ella se preocupa, tu papá se preocupa.

Tengo que darle la razón. Decirle a mi papá que su mamá fue atacada en el bosque violaría definitivamente la regla de mi mamá de Ser Siempre Positivo, Ser Siempre Feliz.

—Solo me tengo que poner un poquito de Vivaporrú —dice mi abuela, y una sonrisita se asoma por las comisuras de los labios.

—Abuela, no te vas a poner *Vicks VapoRub* en una cortada. —No puedo evitar poner los ojos en blanco ante la fe absoluta que tiene mi abuela en los dudosos remedios cubanos.

La gata atigrada se frota contra mi pierna y su ronroneo hace que mis tensos músculos se relajen un poco.

—Tu abuela siempre me trata muy bien y me da las croquetas que sobran y las mejores lascas de guayaba. El resto de los vecinos de por aquí sencillamente ignoran a la gata callejera. Así que yo traté de ayudarla. Traté de detener a la glotona, pero era demasiado rápida —dice el animal.

—¿Una glotona? ¿En la casa?

—Entró por la puerta trasera mientras mirábamos una telenovela. —La gata le da un empujoncito a la mano de mi abuela y ella le rasca la cabeza peluda.

—Ay, mi Celia. Siempre cuidándome —dice.

María Carmen se agacha junto a mi abuela. Le limpia la herida con un paño mojado y le pone una crema antibacteriana. A mí todavía las manos me tiemblan demasiado como para ser de ninguna utilidad.

Talib le entrega una venda a María Carmen.

—Néstor, supongo que cuando todo esto se termine nos vas a explicar cómo les estás hablando a los animales. ¿No es cierto?

Bajo la cabeza. Mi abuela se ríe desde el sofá.

—Tiene la bendición. Igual que yo.

—¿Tengo la bendición? —le pregunto. Tener la habilidad de hablar con los animales nunca me pareció una bendición.

De repente, todo comienza a cobrar sentido. Recuerdo las veces en las que escuché a mi abuela discutir con alguien que no estaba ahí. Todo el tiempo había sido esta gata que ahora se frotaba contra mi pierna. Recuerdo la enciclopedia de animales de mi papá con las notas raras junto a sus dibujos. *Mamá dice que las ardillas cuentan los mejores chistes de "tuntún, quién es". Según mamá, los erizos creen que los perros de las praderas son detestables.* Solo hay un modo en el que ella podría haber sabido esas cosas.

María Carmen le ajusta la venda en la frente a mi abuela, que sonríe y dice:

—Sí, mi niño. Cuando tu papá no podía escucharlos, yo pensé que tal vez era solo yo. Pero tú, yo sabía que tú eras igual que yo.

Se me aguan los ojos mientras mi abuela me aprieta la mano.

María Carmen se aclara la garganta.

—Señora López, ¿y qué quería la glotona?

Mi abuela suspira.

—Ese estúpido ratón.

Talib suelta una risita a mis espaldas.

—Voy a tener que anotar estas expresiones.

—Estaba enojada porque ustedes tres le destruyeron sus trampas. Porque yo he estado ayudando a los animales a escapar de ella. Estaba tan furiosa —dice mi abuela mientras se toca la venda en la cabeza y cierra los ojos.

—¿Sabes qué es lo que quiere? ¿Qué cosa es? —pregunto.

Mi abuela se sienta más erguida en el sofá y María

Carmen y yo le ponemos dos cojines a su lado para que se recueste.

—Creo que es como una tulevieja.

—¿Una tule qué?—pregunta Talib.

—Una tulevieja. Una bruja. Cuando yo era niña, mi papá me hacía cuentos de fantasmas, de monstruos, todo tipo de historias espeluznantes. A mi mamá no le gustaban para nada pues a veces me daban pesadillas, pero a mí me encantaban. Recuerdo cuando mi papá me hizo el cuento de la tulevieja de Panamá. Era una mujer que tenía patas de halcón, alas de murciélago y la cara de una vieja bruja. Yo estaba convencida de que el gallo que vivía en nuestro patio era una tulevieja luego de que intentó arrancarme el dedo de un picotazo.

Mi abuela se acomoda en el sofá y respira lentamente.

—Pero esta es diferente. Una tulevieja simplemente toma la forma de diferentes animales, pero no puede *convertirse* completamente en un animal. Esta está intentando tomar el poder del animal.

—¿Y cómo? —pregunta María Carmen.

—Muerde a los animales.

Talib traga en seco.

Pienso en todos los animales que han desaparecido sin dejar una sola huella. Ni un pedazo de evidencia. No puedo evitar preguntarme si la tulevieja les estará haciendo a los animales algo más que morderlos.

—Cuando ella vino aquí, no sabía lo que Néstor y yo podemos hacer. Que podíamos usar nuestra habilidad para ayudar a los animales a escapar. Su plan se complica con nosotros aquí.

—¿Cuál es su plan? —pregunto.

—El eclipse —dice mi abuela más calmada y con los hombros caídos—. Si se quiere convertir en un animal, lo tiene que morder durante el eclipse. Ahora mismo, ella solo se puede convertir en una serpiente, un glotón y una araña. Esos son probablemente los animales que mordió durante otro eclipse.

Talib levanta la cabeza de golpe.

—¿Perdón? ¿Una araña?

—¿El eclipse la ayuda o algo por el estilo? —pregunto.

—Sí. Si muerde a un animal durante el eclipse, podrá convertirse en ese animal. Será incluso más poderosa.

—¿Y cómo tú sabes todo esto, Buela? —pregunto.

Mi abuela se da un golpecito en la sien con un dedo tembloroso.

—Bueno, con todo este merodeo por el bosque, una ve cosas. Más cosas de las que quisiera ver. —Suspira profundamente, endereza la espalda y lanza un quejido—. Y la muy estúpida habla consigo misma. Y no para de hablar del eclipse. Suficientes tonterías como para hacer que los animales quieran desaparecer por su propia cuenta.

María Carmen se cubre la boca para ocultar una sonrisa.

Mi abuela suspira y yo la ayudo a acomodarse otra vez en el sofá. Los párpados se le cierran y pronto su respiración nos llega en oleadas rítmicas.

María Carmen, Talib y yo vamos a la cocina. Enderezo la silla caída, encuentro la pata arrancada debajo de la mesa e intento arreglarla. María Carmen pone la máquina de coser de vuelta en la mesa y bota el despedazado uniforme quirúrgico de mi mamá.

Me agarro de la silla y miro a María Carmen y Talib.

—Bueno, supongo que ahora ustedes pensarán que soy rarísimo.

Talib se me acerca y me da una palmada en el hombro.

—Oh, no. Eso lo pensábamos ya desde hace mucho tiempo. ¿Qué otra persona sabe más de cultura militar que nuestro maestro de Historia y lleva una brújula consigo para caminar tres cuadras?

María Carmen suelta una carcajada.

—Pero, en serio, Néstor. ¿Hablas con los animales? ¿Y ellos te contestan?

Me encojo de hombros, sin querer mirarlos a los ojos.

—Anjá. Supongo.

María Carmen se cruza de brazos.

—Demuéstralo. ¿Cómo nosotros vamos a saber si no has inventado lo que dijeron la gata y la cierva?

Afinco el pie en el suelo de losa y miro a María Carmen. El brillo en sus ojos me hace sonreír con picardía.

—Bueno, digamos que cierto cuervo me ha contado que a veces tú te detienes en la pista de patinaje rumbo a casa y, cuando piensas que nadie te ve, te pones a cantar canciones de Selena a todo pulmón. Y eso incluye la coreografía de baile y todo.

María Carmen se sonroja y Talib suelta una risotada a su lado.

—Y tú —le digo, señalándolo con el dedo. La sonrisa

se le esfuma de la cara—. El mismo cuervo se ha asomado en tu ventana y ha visto que todavía duermes con una llama de peluche.

—¡Oye! No te burles del Señor Peluchín —dice Talib con las manos en las caderas.

—Bueno, eso es fabuloso —dice María Carmen.

—A veces lo es. A veces es verdaderamente fastidioso.

—¿En serio? —pregunta Talib.

—Anjá. Tuve piojos en primer grado. Cientos de voces que me gritaban a la vez. El peor fin de semana de la historia —digo, y niego con la cabeza.

Talib me da una palmada en la espalda y se ríe. Regresamos a la sala y le echo un vistazo al sofá. Ahí está mi abuela, quien fue lo suficientemente fuerte como para comenzar en un país nuevo ella sola, cuya risa llena cada rincón de la cocina mientras hace la mejor comida cubana que haya probado jamás. Mi abuela, que baila con Celia Cruz mientras me cuenta el último episodio de su telenovela favorita. Mi abuela, que tiene el don de hablar con los animales, clava incluso más la cabeza en la almohada y duerme.

# CAPÍTULO 18

Querido papá:

Las cosas marchan bien por acá por
New Haven. A mamá parece que le
gusta su trabajo en el hospital de
Springdale.

Pero a veces la oigo llorar en las
noches cuando cree que ya me quedé
dormido. Te echa muchísimo de menos.

La escuela va bien. Nuestro
club de conocimiento general sigue

adelante. Es posible que lleguemos al campeonato.

*Eso sí aún vivimos aquí y no nos hemos mudado a Alaska o Antártica.*

Es muy agradable vivir con abuela. Me deja comer pastelitos en el desayuno y en la cena. Y de merienda después de la escuela. No se lo digas a mamá. Aunque ya ella se enterará con el tiempo, cuando me tenga que comprar pantalones más grandes.

*Abuela resultó herida la semana pasada. No se lo dijimos a mamá, así que ella fingió que tenía un catarro y se la pasó durmiendo en su cuarto todo el día. Se puso un gancho en el pelo frente a la cortada para que mamá no la viera. No me gusta ver lo lento que se mueve abuela en la cocina. Ella no solía ser así.*

Te quiero mucho. Cuídate.

*Te echo de menos, papá. No quiero que sigas lejos. Te quiero aquí. No es justo que yo lo tenga que aprender todo por mi propia cuenta.*

*Me hace falta mi papá. Me haces falta.*

*Néstor*

Cierro el cuaderno de dibujo de golpe, frustrado de no poder contarle a mi papá lo que en verdad le quiero decir. Estoy cansado de la regla de mamá de Ser Siempre Positivo, Ser Siempre Feliz.

La voz aguda de la señorita Humala me saca de mis pensamientos.

—Los eclipses solares no son tan poco comunes como ustedes se imaginan. La Luna cruza un punto entre la Tierra y el Sol una o dos veces cada treinta y cinco días.

Se para detrás de tres estudiantes que ha llevado al frente de la clase. Cada uno sostiene un modelo de la Tierra, la Luna o el Sol. La señorita Humala hace que Jet, el niño que sostiene el modelo de la Tierra, camine despacio alrededor de Hannah, la niña que sostiene el modelo del Sol. Hace que Leif, el niño que sostiene el modelo de la Luna, camine rápidamente alrededor de Jet. Leif comienza a lucir mareado.

—Entonces, como pueden ver —dice la señorita Humala mientras Jet, Hannah y Leif continúan orbitando uno alrededor del otro—, tal parece que tendríamos un eclipse solar en cualquier ocasión en que la Luna estén entre la Tierra y el Sol.

Detiene a Leif, quien parece agradecido de no tener que andar más en círculos, y se para entre Jet y Hannah.

—Pero la Tierra y la Luna no orbitan a un nivel constante.

La señorita Humala clava sus garras rojas en los hombros de Leif y lo empuja hacia abajo. El niño suelta un quejido y dobla las rodillas. Entonces ella lo agarra por un bíceps y lo levanta. Lo pone a caminar alrededor de Jet, y lo vuelve a empujar hacia abajo y hacia arriba. Leif dobla y endereza las rodillas, haciendo que la Luna se mueva en una órbita irregular alrededor de la Tierra.

Creo que está a punto de vomitar.

La señorita Humala se vuelve hacia Jet, quien luce cada vez más nervioso, y lo empuja y lo hala también. Lo arrastra alrededor de Hannah mientras Leif continúa caminando en círculos alrededor de Jet.

Parece una mala atracción de circo.

—Recuérdame jamás ofrecerme de voluntario en esta clase —le susurro a Talib.

—Entonces, la Tierra y la Luna siempre se mueven hacia arriba y hacia abajo en sus órbitas —dice la señorita Humala mientras Jet y Leif continúan caminando en círculos, doblando y enderezando las rodillas. Las caras se les ponen rosadas y veo el sudor que se les forma en las frentes. La señorita Humala detiene a Leif, que suspira, entre Jet y Hannah—. Producto de esto, la Tierra, la Luna y el Sol solo se alinean perfectamente para formar un eclipse solar dos veces al año.

Jet, Leif y Hannah le devuelven los modelos a la señorita Humala y regresan a sus sillas. Leif deja caer la cabeza en el escritorio y suelta un quejido. Observo la cara de la señorita Humala en busca de alguna señal que indique que ella sabe lo que nos traemos entre manos. Que sabemos lo que hace su mamá. Pero ella está ocupada entregando una hoja de trabajo acerca de los eclipses solares.

—¿Estás listo para una muy incómoda competencia de conocimiento general? —me susurra Talib.

—¿La señorita Humala, Brandon y nosotros tres juntos en el auditorio después de la escuela? Anjá, eso será genial —digo.

María Carmen se da vuelta y susurra:

—¿No les parece raro que la señorita Humala nos esté enseñando acerca de los eclipses solares precisamente hoy?

Me encojo de hombros.

—Probablemente lo está haciendo porque se acerca uno.

Miro fijamente a la señorita Humala mientras se empina por encima de un estudiante y lo fulmina con la mirada porque olvidó poner su nombre en la hoja de trabajo. La maestra ha cancelado nuestras últimas tres prácticas del club de conocimiento general. La mayor parte del tiempo se la pasa junto a la ventana de su aula mirando hacia el bosque.

Ayer noté una telaraña enredada en su pelo.

—Han pasado siete años desde que Estados Unidos continental haya visto un eclipse de sol total —continúa la señorita Humala—. El próximo ocurrirá en cinco días y pasará directamente a través de Texas.

Pienso en lo que mi abuela nos contó de la tulevieja o lo que sea que es la madre de la señorita Humala. Dijo que la bruja es más poderosa durante el eclipse. Eso quiere decir que en cinco días todos los animales de New Haven estarán en peligro.

Tenemos que hacer algo.

Pero primero tenemos que ganar una competencia de conocimiento general.

Talib se sigue halando el collar del pulóver, imitando a un estudiante de la secundaria de Crockett, en Austin, que está frente a nosotros: su corbata parece que está a un segundo de estrangularlo. Los otros tres estudiantes de Crockett lucen enojados por tener que pasar tiempo en un pueblo como New Haven. Supongo que preferirían estar de vuelta en Austin formando una banda o creando una empresa de tecnología. Me pregunto si Crockett obliga a sus estudiantes a unirse al club de conocimiento general para no tener que recibir detenciones.

—Este animal defeca sobre sí mismo para mantenerse fresco y vomita como mecanismo de defensa —dice el moderador de la competencia.

Talib hace sonar el timbre y grita:

—El aura tiñosa. —Les hace un guiño a sus padres que están sentados en primera fila en el auditorio. La mamá de Talib le dedica una enorme sonrisa y su papá levanta el pulgar.

Murmuro una plegaria pidiendo que no haya ningún aura tiñosa en el bosque que la tulevieja pueda morder. De ninguna manera me voy a enfrentar a una bruja vomitona y cagona.

El moderador nos da cien puntos, y Talib y yo nos sonreímos al responder correctamente la pregunta extra. Nuestro equipo lo está haciendo muy bien gracias a que Brandon está silente. Su cara está tan blanca como un caimán albino y se ha comido las uñas hasta las cutículas.

El moderador —el mismo hombre de nuestra primera competencia que se pone los pantalones muy por encima de la cintura— se aclara la garganta en el micrófono y da un par de golpecitos en el podio con sus manos toscas.

—Niños, este animal es sensible a la luz, endémico de lagos y ríos de México, tiene la habilidad de regenerar sus extremidades e incluso hasta órganos internos. —El señor Pantalones-al-pecho respira en el micrófono.

María Carmen hace sonar el timbre y dice:

—El ajolote.

Su mamá aplaude desde la primera fila. Yo finjo que no veo como me frunce el ceño directamente a mí después de que Talib responde la pregunta extra.

—Muy bien hecho, New Haven. Van ganando

doscientos sesenta a cero —dice el señor Pantalones-al-pecho y levanta una tarjeta nueva—. Próxima pregunta. Este primate puede contagiarse con catarro y otras enfermedades humanas.

María Carmen y Talib se miran entre sí, como si la respuesta la tuvieran escrita en una espinilla de la cara. Brandon mastica el cordón de su sudadera mientras que los del equipo de Crockett se halan las corbatas. Una de las niñas se las ha arreglado para darle tantas vueltas a su pelo crespo alrededor del dedo que se le ha trabado. Esos no van a hacer sonar el timbre en ningún momento.

Hago sonar el timbre frente a mí.

—El gorila.

No hay nadie en primera fila que me levante el pulgar.

—Pensé que tu abuela iba a venir —susurra María Carmen a mi lado mientras el señor Pantalones-al-pecho nos da más puntos.

—Quería venir, pero yo le dije que si todavía no se sentía bien, debería descansar —digo.

Con mi papá siempre fuera de casa y mamá que trabaja esas horas interminables, estoy acostumbrado a estar por mi cuenta en las actividades de la escuela. Eso no me impide escanear cada silla en el auditorio.

La competencia continúa y seguimos destrozando a Crockett. Nuestros contrincantes se las arreglan para responder una pregunta correctamente cuando el niño de la corbata le da un golpe al timbre mientras intenta aplastar un jején que sobrevuela su mesa. Murmura "jején insoportable", que resulta ser la respuesta correcta a "¿qué insecto tiene antenas peludas y es conocido por causar hongos en las setas y las raíces de las plantas sembradas en macetas?".

El señor Pantalones-al-pecho ya ni se molesta en mirar al equipo de Crockett y nos dirige la última pregunta:

—En la Segunda Guerra Mundial, los estadounidenses intentaron entrenar a este animal para que dejara caer bombas.

María Carmen y Talib se encogen de hombros y me miran. La rodilla de Brandon le brinca mientras se come la uña del dedo gordo.

Levanto el brazo bien alto y bajo la mano pegándole un manotazo al timbre.

—¡El murciélago!

Gracias, papá.

Nos reunimos en el escenario después de la competencia. La señorita Humala nos felicita brevemente antes de salir a toda prisa a través de las puertas traseras. Miro a Talib y alzo las cejas. Mi amigo se encoge de hombros. Brandon salió del auditorio arrastrando los pies en el momento en que terminó la competencia. La mamá de María Carmen le da un beso en la mejilla y le dice "¡Felicidades, *mija*!". Los padres de Talib le piden a María Carmen que les tome una foto con su hijo. La familia sonríe de oreja a oreja.

Y yo me quedo ahí parado con las manos en los bolsillos.

Cuando estaba en primer grado en Fort Benning, en Georgia, mi escuela tenía un día de "rosquillas con papá" todos los meses. Me pasaba la mañana sentado con Andre, cuyo papá había muerto antes de que él naciera, y con Isabel, cuyo papá se había mudado a Argentina después de que sus padres se divorciaron.

María Carmen se vuelve hacia mí y se echa las trenzas a la espalda.

—Mamá y yo vamos a la farmacia a comer helado. ¿Te embullas?

Antes de que pueda responder, la señora Córdova le pone la mano en el hombro a María Carmen.

—Estoy segura de que él tiene mejores cosas que hacer, *mija*.

El modo en el que aprieta fuertemente los labios y frunce el ceño me dice que más me vale rechazar esta invitación en particular.

Marco los pies en el suelo del escenario.

—No puedo. Tengo que ir a casa a estar con mi abuela.

María Carmen se encoge de hombros y me gesticula con la boca un "lo siento" mientras ella y su mamá se van.

Talib viene hacia mí arrastrando los pies.

—Quería invitarte a que vinieras, pero mis padres me dijeron que no. —No me mira a los ojos.

—Es por mi abuela, ¿no es así? ¿Ellos también creen que ella tiene algo que ver con los animales perdidos?

—Anjá. Lo siento.

Le doy una palmadita en el brazo.

—Está bien. Lo entiendo —miento.

Talib se me acerca y susurra:

—Vamos a atrapar a esa tulevieja, Néstor. No te

preocupes. La vamos a atrapar y entonces la gente verá que tu abuela es inocente.

Le sonrío a Talib y salgo del auditorio.

Nunca me he quedado en un sitio el tiempo suficiente como para que la gente se forme opiniones de mí. Para el momento que deciden que mi obsesión con las tarjetas de Pokémon es rara, yo ya hice las maletas.

Pero eso también significa que nunca me he tenido que quedar en un lugar el tiempo suficiente como para soportar que la gente me odie.

# CAPÍTULO 19

—¿Y A QUÉ VIENE ESA CARA LARGA, MUCHA-
CHO? Parece como si alguien se hubiera hecho caca
en tus Pringles —dice Cuervito mientras vuela por encima de mí.

—¿Quieres que te dé una lista? —Pateo una bellota
al otro lado del sendero.

—Desembucha.

Levanto uno a uno los dedos.

—Hay una bruja que se está robando los animales
del pueblo. Todo el mundo piensa que es mi abuela.
Los padres de mis amigos me odian. Mi papá está a

miles de millas de distancia. Y probablemente me voy a tener que mudar en unos meses. ¿Te parece suficiente?

Cuervito desciende deslizándose suavemente en el aire y se posa en el sendero frente a mí.

—Eh. Anjá, creo que yo también pondría la cara larga. —Brinca lentamente a través del sendero y baja la cabeza—. De hecho, ahora mismo me estoy sintiendo bastante triste.

Sonrío con satisfacción y niego con la cabeza.

—Se te va a pasar.

—Nananina. No con esa bruja loca en el bosque. ¡Me quiere desplumar y comerme para la cena!

Me saco la brújula de mi papá del bolsillo y le froto el cristal con el pulgar.

—De tu papá, ¿no es cierto? —pregunta el cuervo.

—Anjá. Me gustaría que estuviera aquí. Él sabría qué hacer. —Veo que la aguja se mueve a uno y otro lado hasta que se asienta en el norte—. A lo mejor nos señala a la tulevieja.

Cuervito inclina la cabeza hacia la brújula.

—Debería señalar al más suculento animal atropellado.

—Eres asqueroso.

Una rama se rompe a nuestras espaldas y vuelvo la cabeza de golpe para escanear los árboles. Cada vez que camino por el bosque, noto más marcas de zarpazos en los troncos de los árboles y más cactus despedazados.

—¿Y si caminamos más y hablamos menos, eh? —dice Cuervito, y yo apuro el paso.

Llegamos a la cima de la colina y comenzamos a bajar rumbo al patio de mi abuela. Mi mamá sale al pórtico con los brazos abiertos.

—¡Ahí estás! ¿Qué tal la competencia? Apuesto a que los destrozaste—dice con una sonrisa enorme en el rostro.

Asiento sonriente y le doy un abrazo.

—¡Un selfi de la victoria antes de que me tenga que ir! —dice mi mamá y aparta el teléfono. Toma una foto rápida que nos corta la frente.

—¿A dónde vas? —pregunto, y me meto las manos en los bolsillos.

Mi mamá se desliza el teléfono en el bolsillo trasero de sus *jeans*.

—A una conferencia de enfermería en Dallas. Es la primera vez que iré a una. ¡Es tan emocionante!

Me da otro abrazo y no la suelto. Estoy acostumbrado

a que sea mi papá el que se vaya. Esta es la primera vez que ella va a un lugar sin mí.

Mi mamá deja de abrazarme y me mira a los ojos.

—Oye, vas a estar bien. Tú eres el hombre de la casa ahora, ¿no es cierto? Cuida a tu abuela por mí. —Me da un beso rápido y regresa a la casa.

Me siento en los escalones del pórtico y me halo el dobladillo del pulóver.

Escaneo los bordes del patio de mi abuela y veo que el desfile más raro del mundo viene en mi dirección: Val, Chela y su cervato y tres ardillas se me acercan sin quitarme los ojos de encima.

—¿Acaso hay una convención en el pueblo de la que no me he enterado? —le pregunto a Cuervito mientras aterriza junto a mí.

Suelta un graznido.

—Es una convención de "hay una bruja en el bosque y nos hace falta tu ayuda".

Me pongo de pie y camino hacia Chela, que asiente.

—Hola, Néstor.

—Hola —digo—. Bueno, muchas gracias por ayudar a mi abuela el otro día. No tuve oportunidad de agradecerte... con todo lo que ha pasado.

—No hay de qué, y ahora nosotros necesitamos

tu ayuda —dice la cierva—. Hay que hacer algo. Tu abuela hizo lo que pudo por nosotros, pero ahora no nos puede ayudar. Y me temo que ayudarnos le salió bien caro. Hemos oído muchísimos rumores de la gente del pueblo acerca de ella. Piensan que es la responsable de que los animales hayan desaparecido. No se dan cuenta de que solo nos estaba ayudando.

—¿Qué fue lo que hizo?

—Nos proporcionaba lugares para escondernos, marcando las trampas que ese niño malvado puso.

Val se me acerca de un saltito.

—Por cierto, gracias por deshacerte de ellas.

Miro al coyote. Una cicatriz roja le rodea la pata.

Las ardillas no paran de corretear.

—Hay que deshacerse de la bruja. Hay que deshacerse de la bruja.

—¿Y ella exactamente qué es? —pregunta Chela.

—¡Oh, esta me la sé! ¡Yo me la sé!—chilla Cuervito—. Es una tulipaneja. No, es bañadereja. Anjá, eso es, una bañadereja.

Niego con la cabeza.

—Es una tulevieja. Muerde a los animales para tomar sus poderes y convertirse en ellos.

Cuervito mueve el pico hacia arriba y hacia abajo.

—Anjá. Tal y como dije.

El tumulto de ardillas grita:

—¡Eso no nos gusta! Nananina, ¡definitivamente no nos gusta!

—¿Entonces cómo la detenemos? —pregunta Chela, y se acerca a su cervato.

—Estoy buscándole solución —digo—. Pero hagamos lo que hagamos, tenemos que hacerlo pronto. Mi abuela dice que ella se podrá convertir en cualquier animal que muerda durante el eclipse solar.

—¿Cuándo es el eclipse? —pregunta Val.

—En cinco días.

Los animales me miran fijamente. Sé que esperan que les cuente mi brillante plan para detener a la tulevieja de una vez y por todas.

Pero no se me ocurre nada.

Siento un golpe agudo en la parte trasera de la cabeza y veo que una bellota rueda al suelo junto a mí.

—¡Un intruso! —grita Cuervito, alzando el vuelo.

Me doy la vuelta y veo a Brandon que baja la colina con paso fuerte rumbo al patio de mi abuela.

Se agacha y toma otra bellota y me la lanza. La esquivo y rebota en el costado de Chela.

—¿Y a ti qué te pasa? —le grito, mientas busco en el patio algo que le pueda lanzar de vuelta.

Val corre a toda prisa y se pone frente a mí.

—No te preocupes, Néstor. Nosotros nos encargamos de esto.

Cuervito vuela por encima de Brandon.

—Me hice caca en ti una vez, muchacho. ¡Lo volveré a hacer!

Brandon se me acerca a la carrera, con la cara pálida. Tiene ojeras y arañazos en los brazos.

—Para. Tienes que parar —murmura al entrar al patio.

Val se le abalanza, lanzando dentelladas con sus pequeños dientes afilados. Cuervito se tira en picado, rozando la cabeza de Brandon con sus alas.

Brandon parece salir de su trance. Pestañea y niega con la cabeza.

—Néstor, tienes que mantenerte lejos de la bruja.

—De ninguna manera. Le hizo daño a mi abuela. Y va a hacer cosas mucho peores si no hacemos algo al respecto.

El muchacho da un pisotón en el suelo.

—Tienes que dejar de buscarla. Yo le dije que no la iba a ayudar más, y entonces... ella...

—¿Qué?

—*Se llevó a mi papá.*

# CAPÍTULO 20

—SI YO HUBIERA QUERIDO ESTAR EN UN GRUPO con la peor persona del mundo —me dice María Carmen entre dientes—, le habría pedido a Brandon que se nos uniera.

María Carmen frunce el ceño mientras Brandon se hunde más en su silla. El muchacho se hala su andrajosa chaqueta verde olivo y se la ajusta bien pegada al cuerpo; sus nudillos están tan blancos como su cara.

—Lo del trabajo en equipo es una cosa, Néstor, pero, compadre, por favor —dice Talib, y acerca su escritorio al mío. María Carmen acerca el suyo al de

Brandon y entre los cuatro escritorios formamos un cuadrado.

La señorita Humala está parada al frente del aula señalando un mapa de Texas que está proyectado en la pizarra.

—Cerciórense de que etiquetan cada sección del estado con el porciento de totalidad de eclipse. Entonces, para sus áreas, etiqueten la hora para las fases del eclipse.

Noto una venda en su brazo y me pregunto si cubre un zarpazo de un glotón... al igual que la que tiene mi abuela en la cabeza.

María Carmen, Talib y yo nos apiñamos sobre nuestro mapa. Brandon se come las uñas.

—Miren, yo entiendo. No tenemos el mejor historial —les digo.

—Es más la Tercera Guerra Mundial con natilla y piedras —resopla Talib.

Brandon murmura entre dientes:

—Tenía que hacerlo.

La cabeza de María Carmen se vuelve rápidamente en su dirección.

—Eras un cretino mucho antes de que esa tulevieja viniera al pueblo y tú lo sabes.

La boca de Brandon se abre como si fuera a decir algo, pero tan solo termina mirándola fijamente.

La señorita Humala da una palmada mientras se para junto a la ventana al fondo del aula. Sus ojos vuelan hacia el bosque.

—Esto lo tienen que entregar al final de la clase, así que asegúrense de trabajar diligentemente.

Talib pone los ojos en blanco y desliza un papel en su escritorio y comienza a llenar cuánto del eclipse podrá ver cada parte de Texas. New Haven está directamente en el camino del eclipse de sol total.

—Sí, él ha sido un cretino. Y no lo va a negar —digo señalando a Brandon. El muchacho frunce los labios y asiente—. Pero esto es distinto. Su papá ha desaparecido. La tulevieja se lo llevó.

María Carmen frunce el ceño. Agarra el lápiz tan fuertemente que comienza a romperse.

—¿Cuánto tiempo has pasado solo?

Brandon suspira y el estómago le ruge sonoramente.

—Cuatro días.

Talib deja de escribir en la hoja de trabajo y mira a Brandon. Por un momento, pienso que va a extender la mano y ponérsela en el brazo a Brandon, pero en vez de eso aprieta las manos encima del escritorio.

La señorita Humala se nos acerca.

—¿Trabajando duro? —dice, y levanta una ceja que forma un arco puntiagudo.

María Carmen se echa una trenza por encima del hombro y se aclara la garganta.

—Señorita Humala, ¿es cierto que en algunas culturas la gente cree que los eclipses tienen poderes especiales?

Me clavo las uñas en las palmas de las manos. Estoy seguro de que la señorita Humala está al tanto de que nosotros sabemos que su mamá es la tulevieja. María Carmen tiene que ser más cuidadosa.

La señorita Humala se ríe forzadamente.

—Ay, cariño, esta es la clase de Ciencias. Esa pregunta es mejor para la señorita Cheng en la clase de Inglés. Mira, para cuando leas sobre mitologías o cuentos de hadas. —Agarra el espaldar de la silla de Talib y clava las uñas rojas en el plástico duro—. Ustedes saben que la regla del director Jelani acerca de que los estudiantes no pueden ir al bosque sigue en efecto. Cerciórense de cumplirla.

El grupo a nuestro lado comienza a discutir acerca

de por cuánto tiempo será visible el eclipse total en New Haven y la señorita Humala abandona la mirada mortal que nos acaba de dedicar y se acerca a ellos.

—La próxima vez pregúntale dónde está su mamá y cómo podemos detenerla —murmura Talib con la cabeza en las manos.

Una sonrisa se asoma en las comisuras de la boca de Brandon.

—Tenemos que averiguar dos cosas —digo.

—¿Cuáles? —pregunta María Carmen.

—¿Dónde está la madre de la señorita Humala? ¿Y cómo podemos detenerla?

Talib da con la frente en el escritorio.

Una risa brota de la garganta de Brandon y todos lo miramos fijamente. El muchacho nos mira y niega con la cabeza.

—Está escondida en la cantera. Ahí es a dónde llevó a mi papá.

—¿Tú la viste? —pregunta María Carmen.

Brandon se mete las manos en los bolsillos de la chaqueta.

—Anjá. Los perseguí. Pero entonces este estúpido cuervo me detuvo. Por poco me saca los ojos.

—¿Cómo se llevó a tu papá? —pregunto. Trato de

imaginar una serpiente o un glotón cargando a un hombre hecho y derecho a través del bosque, pero no puedo.

Brandon se inclina hacia delante y comienza a comerse otra uña, pero se da cuenta de que se ha comido cada una hasta la cutícula. Se mete la mano en el bolsillo.

—Mi papá siempre se va al trabajo en el campo petrolífero más o menos una hora después de la cena porque trabaja durante la noche. Todavía no se había ido así que fui a verlo a la sala y me lo encontré sentado en el butacón con una roncha enorme en el cuello. Tenía los ojos abiertos y fijos y no se movía. —Sacude la cabeza, como si intentara sacarse el recuerdo por los oídos—. Había... una araña. Y papá estaba envuelto en la tela de la araña. Antes de que yo pudiera librarlo, algo, un glotón, se me tiró encima y me arañó los brazos. Tomó el capullo con los dientes y arrastró a mi papá fuera de la casa.

Brandon se muerde el labio tan fuertemente que unas gotitas de sangre se le forman en la comisura de la boca.

Talib extiende la mano y la pone en el hombro de Brandon.

—Lo vamos a rescatar. No te preocupes.

María Carmen le quita la hoja de trabajo a Talib.

—El eclipse es mañana. Tenemos que llegar a la cantera, rescatar al papá de Brandon y averiguar cómo librarnos de la tulevieja.

—Supongo que no vamos a poder convencer a la señorita Humala y a su mamá que se vayan del pueblo —murmura Talib—. He escuchado que Miami es muy lindo. O Madagascar.

—Mi abuela nos puede ayudar —les digo—. Ella lo sabe todo acerca de la tulevieja. A lo mejor tiene idea de cómo nos podemos librar de la bruja.

La señorita Humala se aclara la garganta encima de nuestras cabezas y nos miramos unos a otros, sin estar muy seguros de cuánto habrá escuchado.

La maestra señala nuestra hoja de trabajo y dice:

—Parece que se van a tener que poner las pilas.

# CAPÍTULO 21

—**EXPLÍCAME ESE BRILLANTE PLAN TUYO** una vez más —exige María Carmen mientras caminamos a través del bosque rumbo a la casa de mi abuela.

Pasamos postes de luz cubiertos con volantes que muestran perros y gatos desaparecidos. La ventana de la farmacia tiene un nuevo volante que ofrece una recompensa a quien devuelva a Tommy, el preciado corcel árabe de los Raglands.

La tulevieja ha estado ocupada.

—Es sencillo. Vamos a mi casa y tomamos algunas

herramientas de mi papá. Linternas potentes. Un bastón plegable. Una soga. ¿Quién sabe qué nos hará falta?

—¿Existe alguna posibilidad de que tu papá tenga un lanzagranadas? ¿O un tanque? —pregunta Talib.

Suelto una carcajada y lo ignoro.

—Tomamos nuestros suministros. Le preguntamos a mi abuela cómo librarnos de la tulevieja. Vamos a la cantera. Rescatamos al papá de Brandon.

Escucho a Brandon hiperventilar a mis espaldas. Apura el paso y nos alcanza.

Talib se da la vuelta y lo mira.

—¿Por alguna casualidad tú no tendrás un lanzacohetes? Tú y tu papá parece que tienen... cosas.

Brandon baja la cabeza.

—No. No tengo permiso para tocar esas cosas si él no está. De todos modos, yo no sabría qué hacer con eso.

—Gracias a Dios —dice María Carmen y le hace una mueca a Brandon.

Doblamos en la esquina y pasamos por la casa de la señora Reynolds, la vecina de mi abuela, que está parada en el pórtico de la entrada.

—¿Trixie? Ven aquí, mi niña. ¿Dónde estás? —llama

a la gata negra de vientre y patas blancas que yo sé que vive bajo su pórtico.

—En paz descanses, Trixie —murmuro entre dientes.

Al entrar por la puerta de la casa de mi abuela, la llamo:

—¡Buela, ya llegué!

Por lo general, responde inmediatamente diciéndome que está en la cocina cocinando picadillo o ropa vieja o en la sala cosiéndole el más reciente descosido al uniforme de mi mamá. Pero esta vez no me responde.

—¿Buela? —la vuelvo a llamar.

Cuando entramos a la cocina, hay algo que no anda bien. Un pozuelo de arroz crudo está derramado en el suelo; confeti blanco contra las losas negras. La puerta del refrigerador está abierta y un cartón de leche gotea lentamente al suelo a través de unas perforaciones en el envase.

Pero eso no me asusta tanto como la sangre en la pared del fogón; tres manchas que atraviesan el papel de pared amarillo.

—¿Señora López? —dice María Carmen con la voz temblorosa detrás de mí.

Talib respira profundo al ver el estado de la cocina. Brandon se inclina contra el marco de la puerta.

—No, otra vez no —murmura una y otra vez.

Me abro paso entre mis compañeros y corro escaleras arriba, con el corazón latiéndome en los oídos, lo que no me permite escuchar las súplicas de María Carmen de que tenga cuidado.

Subo los escalones de dos en dos y confirmo mis peores temores.

Mi abuela ha desaparecido.

Al comienzo de la primera misión de mi papá, mi mamá accidentalmente me dejó en el supermercado. Deambulé por la sección de sopas enlatadas hasta que la escuché que me llamaba desesperadamente. Me levantó en peso y me cargó en brazos repitiendo una y otra vez: "perdóname, perdóname, perdóname".

Estar solo no es nada nuevo para mí. Pero enseguida comienzo a pensar una y otra vez que voy a vomitar. Trago en seco mientras revisamos el resto de la casa. La única cosa que arreglo es una foto de mi papá que está en el piso de la sala. María Carmen barre el vidrio roto mientras yo coloco el marco de vuelta en el librero.

—¿Y tú por qué pones toallas de papel en los char-cos de leche? —Escucho que Brandon le pregunta a Talib—. ¿Acaso no deberíamos estar buscándola ahora mismo?

Tiene razón. ¿Qué otra cosa podemos hacer? No sé a dónde ir. No sé quién nos puede ayudar.

Talib asoma la cabeza desde la cocina.

—Néstor, ¿tienes un trapeador para limpiar la san... —Cierra la boca de golpe mientras María Car-men lo mira con dureza—. Para, eh, limpiar esto aquí. —balbucea.

Señalo el clóset y Talib agarra el trapeador.

María Carmen me pone la mano en el hombro

—¿Dónde está tu mamá?

—En una conferencia de enfermería en Dallas. Yo... no sé qué le voy a decir. ¿Cómo se lo voy a decir? —Me hundo en el sofá y me llevo las manos a la cabeza. Suelto un quejido—. Y no hay modo de que le diga esto a mi papá. ¿Qué le voy a decir? «Lamento que dejé que a tu mamá se la llevara una bruja».

Brandon viene de la cocina y se sienta a mi lado en el suelo. Talib lo sigue.

—¿Creen que deberíamos ir a la policía? —pregunta Talib.

Brandon niega con la cabeza.

—Eso no es buena idea.

—¿Por qué no?

—El sheriff es un policía terrible. Mi papá me dijo que nunca fuera a verlo si me metía en problemas. El año pasado se dio un tiro en el pie y escuché que una vez le disparó con una pistola paralizante a una señora de ochenta años en medio del supermercado porque pensó que se estaba robando unos melones.

María Carmen, Talib y yo miramos fijamente a Brandon. Esto es lo más que ha dicho desde que salimos de la escuela. Yo me empiezo a reír. Los ojos se me llenan de lágrimas y me duele el estómago. No me puedo parar de reír y el sonido brota de mi garganta descontroladamente. Me doblo a medida que la risa se convierte en sollozos.

María Carmen me pone la mano en la espalda.

—Creo que deberíamos ir a mi casa. Néstor, tú puedes pasar la noche si te hace falta. Tú también, Brandon —dice ella, mirándolo a los ojos por primera vez—. No vamos a resolver nada allá afuera. Tomemos los suministros de tu papá y al resto le buscamos solución en mi casa. Todo va a estar bien.

Suspiro mientras subo apesadumbrado las

escaleras, con Talib que me sigue los pasos. Tomo una bolsa de mi cuarto y meto dentro un par de pulóveres y unos *jeans*, la enciclopedia de animales de mi papá y una caja de pañuelos de papel.

Me frustro más y más al intentar meter también en la bolsa un balón de fútbol. Talib pone su mano encima de la mía.

—Néstor, yo me ocupo de esto —dice amablemente. Me quita la bolsa, le saca el exceso de cosas innecesarias y comienza a empacar.

Hasta recuerda incluir calzoncillos.

# CAPÍTULO 22

**CAMINAMOS EN SILENCIO CALLE ABAJO** rumbo a la casa de María Carmen; vamos cabizbajos, arrastrando los pies en la acera. Pasamos casa tras casa, con las luces apagadas, todo en calma. La gente que duerme y ronca adentro no tiene idea de lo que merodea en el bosque, que amenaza con sacarlos a la fuerza de sus camas si se entrometen en su camino. Las manos todavía me tiemblan y tengo que respirar profundamente una y otra vez para tranquilizarme.

Estamos a medio camino hacia la casa de María Carmen cuando escuchamos un grito.

—¡Por favor, no lo hagas! ¡Por favor! —grita una voz de mujer en la noche.

Doblamos una esquina. Un destello de luz nos llega desde el bosque, detrás de una casa.

—¿Qué creen de eso?

Me encojo de hombros. Demasiados pensamientos revolotean en mi cabeza como para preocuparme por dos personas que discuten. En medio de la noche. A la entrada del bosque.

—¡Suéltalos! ¡Tienes que soltarlos! —Escuchamos gritar a la mujer.

María Carmen me agarra el brazo.

—Néstor, creo que tenemos que ver qué pasa aquí.

Arrastro los pies detrás de ella a medida que nos acercamos. Nos escondemos detrás de un seto que está al lado de la casa y miramos al patio. Una mujer está arrodillada en frente de una pequeña fogata mientras otra mujer se cierne sobre ella y camina de un lado a otro.

—¿Es la señorita Humala? —pregunto, aguzando la vista.

La señorita Humala tiembla en el suelo y se limpia

las lágrimas de las mejillas. La mujer al lado de ella nos da la espalda, su pelo salvaje parece un halo a la luz de la hoguera.

—Por favor —dice la señorita Humala, y se estremece—. Mamá, tan solo vete.

La mujer de pelo salvaje gruñe y escupe.

—Todavía no me puedo ir. No he terminado lo mío.

—¡Pero ya has hecho demasiado! ¿Acaso no tienes lo que querías?

La cabeza de la mujer se vuelve de golpe hacia el cielo, el pelo volando en todas las direcciones. Se estremece y un grito le brota de la garganta y retumba en la noche. El cuerpo le crece y se vuelve increíblemente largo.

—¿Y esto qué es? —me susurra Talib.

La mujer se convierte en una enorme serpiente de color marrón y se enrosca fuertemente alrededor de la señorita Humala. Sus escamas brillan al fuego y saca la lengua frente a la oreja de la señorita Humala.

—Todavía no he terminado. Y tú no me vas a detener, hija querida.

Un líquido caliente me sube por la garganta.

Brandon niega con la cabeza.

—Este pueblo se está volviendo loco.

—Tú has sido una gran decepción. Tenía grandes planes para nosotras —continúa la serpiente. La señorita Humala no intenta zafarse del cuerpo que la aprisiona. Baja la cabeza y las lágrimas le caen a las escamas de la serpiente—. Nunca entenderé por qué sigues luchando en contra de quien eres en verdad, por qué sigues huyendo. Pero quiero que sepas que esto lo voy a hacer, contigo o sin ti.

—Bien. Tan solo termínalo y vete —murmura la señorita Humala.

La serpiente afloja el agarre alrededor del torso de la señorita Humala.

—Muy bien —dice, liberando a la maestra.

Talib suelta un largo suspiro a mi lado. Yo todavía no puedo respirar. María Carmen me agarra la mano y nos acurrucamos incluso más detrás del arbusto.

La serpiente levanta la cabeza y mira rápidamente a ambos lados mientras de las escamas le comienza a salir un pelaje. Le salen garras del cuerpo, y la tulevieja comienza a sacudirse hasta convertirse en un glotón.

María Carmen me aprieta la mano incluso más duro y me traquean los nudillos.

—Néstor, me parece que me oriné un poquito en los pantalones —susurra Talib.

La glotona clava sus largas garras en el suelo.

—No te metas en mi camino. Y tampoco dejes que esos ridículos chiquillos se entrometan en mis asuntos —dice con desprecio. Luego de lanzarle una última dentellada a la señorita Humala, se va al trote rumbo al bosque, envuelta en la noche oscura.

La señorita Humala baja las manos al suelo y sacude los hombros mientras solloza.

—¿Deberíamos... ?—pregunta María Carmen.

Niego con la cabeza. No podemos permitir que la señorita Humala sepa lo que nos traemos entre manos. No quiero darle ninguna información que pueda ayudar a su madre. No quiero esperar en la oscuridad, preguntándome si mi abuela está bien. No quiero sentirme perdido, sin saber qué hacer sin mi papá.

Retrocedemos desde el arbusto y corremos el resto del camino rumbo a casa de María Carmen; los pulmones y las piernas nos duelen del miedo.

La mamá de María Carmen frunce el ceño cuando ella se para en medio de la sala y le pregunta si nos podemos quedar a dormir. Nunca he visto una ceja arquearse más. Tal parece que va a desaparecer en el cabello.

—Mamá, por favor. Se nos avecina una gran competencia de conocimiento general. Tenemos que pasar toda la noche estudiando —suplica María Carmen—. Yo sé que mañana hay escuela, pero prometemos levantarnos y alistarnos.

La señora Córdova respira tan profundamente que parece llevarse todo el aire de la habitación. Las cejas se le juntan en la frente.

—Está bien. ¿Todos tienen bolsas de dormir?

—Sí, señora —dice Talib, y muestra una bolsa de dormir que reconozco de las cajas en mi clóset.

Antes de que la señora Córdova nos pueda interrogar más, María Carmen nos conduce escaleras arriba hacia su cuarto. Talib, Brandon y yo nos quedamos parados en el centro de la habitación mirando los estantes abarrotados de libros y fotos. Las paredes están cubiertas de fotos de nuestra compañera con su hermano, afiches de su patinador favorito y un dibujo de flores silvestres de Texas. En la mesita de noche junto a la cama hay una foto enmarcada de María Carmen, su mamá y su hermano con toga y birrete.

—Pueden poner las bolsas allí—dice María Carmen señalando su clóset.

No nos movemos. Creo que ninguno de nosotros jamás ha estado en el cuarto de una niña.

María Carmen chasquea los dedos, y nosotros tropezamos, lanzamos las bolsas y nos sentamos en el piso. Miro a una pecera grande que está encima del librero. En vez de un pez, adentro hay una criatura larga que se asemeja a una salamandra, con pequeñas branquias de color marrón que le salen de la cabeza como si fueran una corona.

—¿Eso es un ajolote? —pregunto.

María Carmen asiente.

—Se llama Chispa.

—Es súper chévere —dice Brandon tímidamente. Todavía luce nervioso cerca de María Carmen.

—Bueno, no lo puedes cazar —le espeta ella, y Brandon se aprieta la chaqueta alrededor del pecho.

Miro el ajolote que nada lentamente en su pecera.

—Pero ella nunca me da de comer. Me voy a morir. En serio, hermano, ayúdame —se queja.

Me doblo de la risa.

—¿Y se puede saber qué es tan gracioso? —pregunta María Carmen.

—Tu ajolote dice que nunca lo alimentas y que se va a morir. Me está rogando que le dé comida.

María Carmen va hasta la pecera.

—Eres un charlatán. Te doy de comer todo el tiempo. No digas mentiras para comer más.

El ajolote mueve la cola y nada con pereza hasta debajo de una roca.

Talib me mira y señala a Brandon.

—Néstor, ¿te vas a poner a hacer lo tuyo así como así? ¿Aquí todo el mundo sabe lo que tú haces?

—Él tuvo una conferencia con un montón de animales en su patio la semana pasada. Se le acabó el secreto —dice Brandon.

Me encojo de hombros. Ya no me importa lo que piensen mis amigos de mi habilidad. Encontrar a mi abuela y librarnos de la tulevieja es mucho más importante. Hasta ahora, mis compañeros no han echado a correr hacia las colinas dando gritos cuando converso con la fauna local, así que a lo mejor la cosa saldrá bien.

Me quito la mochila y saco mi cuaderno de dibujo. Paso a la página en la que escribí notas acerca de la tulevieja basado en lo que me dijeron Val y abuela.

—Muy bien. Encontremos el modo de librarnos de esta bruja.

Nos pasamos las horas en eso. Tenemos que parar brevemente y fingir que nos hacemos preguntas de conocimiento general acerca de los animales cuando la señora Córdova nos trae refrescos y palomitas de maíz sazonadas con chile en polvo. Brandon se come el pozuelo entero. Me pregunto cómo se ha alimentado desde que la bruja se llevó a su papá.

—Entonces sabemos que la tulevieja se puede transformar en una araña, una serpiente y un glotón. Tal vez deberíamos pensar en cuáles son los puntos débiles de cada uno de esos animales —sugiere María Carmen.

Talib se tamborilea la barbilla con los dedos.

—Veamos. Una araña —dice, y una sonrisa aparece en su rostro—. ¿Tal vez un zapato?

Brandon sonríe.

—No es una mala idea.

Niego con la cabeza.

—Excepto si la tulevieja de repente se convierte en un glotón y se come el zapato. Y tu pie.

María Carmen señala a la pantalla de su *laptop*.

—No se pierdan esto. ¿Qué tipo de araña tiene la telaraña más fuerte, capaz de aguantar el peso de una persona?

Talib echa la cabeza hacia atrás pensativo.

—Esta me la debería saber.

Le doy un momento y luego me inclino hacia él y susurro:

—La araña ladradora de Darwin.

Mi amigo chasquea los dedos.

—¡La araña ladradora de Darwin! ¿Viste? Te dije que me la sabía.

María Carmen niega con la cabeza.

—En cualquier caso, la araña ladradora de Darwin es endémica de Madagascar. Y el último eclipse solar en Madagascar fue hace ocho años.

—Entonces, ¿la tulevieja viajó hasta Madagascar y le pegó una mordida a una araña durante el eclipse solar?

—Eso parece —responde Brandon, y se frota la nuca.

Escribo *araña*, *Madagascar* y *ocho años* en mi cuaderno de dibujo.

—¿Y qué hay de los glotones? —pregunto—. ¿Ha habido algún eclipse reciente en la zona en la que viven?

María Carmen da un golpecito en su *laptop* y se concentra en la pantalla.

Brandon se aclara la garganta.

—Son del norte. Les gusta enterrarse en la nieve.

Talib le da una palmadita en la espalda.

—Veinte puntos para el novato.

María Carmen vuelve a señalar la pantalla de su *laptop*.

—Hubo un eclipse solar en Canadá hace tres años —dice.

Añado la información a la lista en mi cuaderno de dibujo.

—¿Y qué hay de la serpiente? —pregunto.

—Parece una boa constrictor —dice Brandon—. Esas son de América Central y América del Sur.

Lo miro y sonrío. Estoy impresionado.

María Carmen deja de escribir en su tecleado.

—Y hubo un eclipse solar en Panamá hace diecinueve años.

—Mi abuela dice que los cuentos de la tulevieja

provienen de Panamá. A lo mejor ese es el primer animal que ella descubrió que se podía transformar en él.

María Carmen toma mi cuaderno de dibujo y estudia la página con las notas sobre la tulevieja.

—Es bueno conocer esta información acerca de ella, pero creo que nuestra prioridad debería ser rescatar al papá de Brandon y a tu abuela. —María Carmen se vuelve hacia Brandon—. Sabemos que tu papá estaba envuelto en tela de araña.

Brandon asiente y María Carmen extiende la mano hasta la gaveta de su mesita de noche. Saca una navaja con CMC —las iniciales de su hermano—talladas al costado.

—O sea que creo que nos hará falta esto para cortarla.

Brandon registra su chaqueta y saca su propia navaja. María Carmen le suelta una sonrisa forzada.

Le quito mi cuaderno de dibujo a mi amiga y lo abro en una página en blanco. Garabateo en la parte de arriba: *Plan brillante para derrotar a la tulevieja*.

—Primero tenemos que averiguar en qué parte de la cantera la tulevieja tiene al papá de Brandon y a mi abuela —digo.

—Entonces los liberamos —añade María Carmen.

—Y, por último, derrotamos a la tulevieja.

—Sin que nos muerda en el proceso —dice Talib.

—Todo esto antes del eclipse. Que es mañana.

—Eso suena a un sándwich de sopa —dice Brandon riendo.

Lo miro. Pensaba que mi papá y yo éramos los únicos que sabíamos de los sándwiches de sopa.

—Con perdón, ¿qué cosa? —pregunta María Carmen.

—Quiere decir que suena imposible —explico—. Como intentar comerse un sándwich de sopa.

Talib agita las manos en el aire.

—Bueno, ahora sí que he perdido el apetito por completo.

Más tarde en la noche, mientras María Carmen está acurrucada en su cama y Brandon ronca en el suelo, Talib toma mi cuaderno y pasa las páginas de los dibujos de la cierva, el coyote y el cuervo. Se detiene cuando llega a mi página de "Días en New Haven".

—¿Y esto qué es? —pregunta.

—Mantengo un registro de cuántos días he vivido en cada uno de los lugares a los que nos hemos mudado.

Mi amigo va al principio del cuaderno y mira las rayitas que marcan mis días en Fort Hood, Fort Campbell, Fort Lewis, Fort Carson y Fort Benning.

—¿Marcas una rayita por cada día?

Suspiro.

—Anjá. Aunque siempre se convierte en una cuenta regresiva. Invariablemente nos volvemos a mudar.

Talib cierra el cuaderno y lo desliza hacia mí.

—Bueno, espero que puedas hacer un millón de rayitas en la sección de New Haven —dice, y se da la vuelta y recuesta la cabeza sobre la almohada extra de María Carmen.

Me acuesto boca arriba y me pongo a mirar el techo. Incluso con una despiadada tulevieja que merodea el bosque y con mi abuela desaparecida, no puedo menos que estar de acuerdo.

He hecho la cosa más estúpida que jamás haya hecho en todas nuestras mudanzas. He dejado que New Haven se convierta en mi hogar.

# CAPÍTULO 23

**NO PUEDO DORMIR.** Quiero escribirle un *email* a mi papá, pero sé que no puedo hacerlo. Ni se me ocurre qué le podría decir sin destruir por completo la regla de mi mamá de Ser Siempre Positivo, Ser Siempre Feliz. Pero yo tan solo quiero hablar con mi papá.

Arrastro la mochila hasta donde estoy acostado en el piso de María Carmen. Me pongo a buscar adentro a ver si Talib me empacó una sudadera, cuando doy con algo inesperado: la enciclopedia de animales de mi papá.

Paso las páginas en busca de los dibujos de halcones, jabalíes y armadillos.

Una nota garabateada junto a un chancho dice: *Mamá me contó que a los chanchos solo le gustan los chistes en español. Ellos piensan que los chistes en inglés no son cómicos.*

Paso la mano por encima de la página, sonriendo al leer las otras notas: los armadillos se retan a enfrentarse a los carros. Los colibríes en verdad le temen a la altura. La mayoría de los murciélagos desearía ser gatos domésticos.

Quisiera que mi abuela le hubiera contado a mi papá cómo derrotar a una tulevieja que se puede convertir en una araña, una serpiente y un glotón. Sería buenísimo que yo me encontrara esa información ahora mismo en la enciclopedia.

Imágenes de telarañas y garras de glotón revoletean en mi cabeza hasta que los párpados comienzan a cerrárseme. Estoy a punto de dormirme cuando siento una presión fuerte en el pecho.

Los ojos se me abren de golpe a la vez que tomo una bocanada de aire. Veo a una serpiente grande de color marrón que se me enrosca en el torso. La cabeza se acerca a mi pecho y me da unos golpecitos en la barbilla con la lengua.

—Tu familia se esfumó —sisea—. Y mírate aquí, querido, sin un hogar. Tú sabías que esto iba a pasar, ¿no es así?

Estoy a punto de desmayarme cuando la serpiente se desenrosca y se arrastra hacia la ventana. Sale a la noche, con su piel brillante que resplandece a la luz de la Luna.

Abro los ojos otra vez, me siento y recupero el aliento.

Era tan solo una pesadilla.

El aire todavía me quema los pulmones. Los rayos del alba se cuelan a través de la ventana del cuarto de María Carmen, que está abierta de par en par. Miro hacia su cama y veo que está vacía. Soy el único que está acostado en el suelo. Talib y Brandon también han desaparecido.

¿Acaso se despertaron antes que yo?

Me echo la mochila al hombro y comienzo a bajar las escaleras.

—¡No! ¡Suéltame!

Escucho un grito afuera y corro a la ventana. La

mujer de pelo salvaje de la noche anterior está arrastrando a Brandon al bosque. El muchacho forcejea, pero ella le tuerce el brazo detrás de la espalda y lo subyuga, clavándole sus largas uñas en la piel.

Me pongo los zapatos y salgo por la ventana, bajo las tejas y salto al suelo. Corro a través del bosque, siguiendo los gritos de Brandon.

De repente, algo me golpea en el estómago y caigo al suelo. Trato de respirar y se me dificulta llenarme los pulmones de aire. La tulevieja está parada encima de mí, con los ojos enrojecidos y la piel de un color gris moteado.

Lanzo unas patadas y la golpeo en la rodilla, haciendo que se doble y suelte el palo largo que lleva en la mano. Corro hacia Brandon, que está tirado en el piso, y le tomo la mano.

—¿Estás bien? —le pregunto.

Brandon refunfuña.

—Digamos que no me levanté con el pie derecho.

La tulevieja da un puñetazo en el suelo. Un grito brota de lo profundo de su garganta mientras le empieza a crecer un pelaje en todo el cuerpo. Escucho como los huesos de los dedos le traquean mientras le salen largas garras de las uñas.

Brandon agarra una piedra grande a su lado y se la lanza.

—¡Es demasiado temprano en la mañana para esto! —grita.

La piedra golpea a la tulevieja entre los ojos y un pequeño hilo de sangre le baja por el hocico a la glotona. La bruja gruñe y sale disparada hacia la cantera. Sus garras hacen un ruido seco contra la tierra mientras desaparece entre los árboles.

—¿Dónde están Talib y María Carmen? —le pregunto a Brandon.

—Creo que ella se los llevó —responde con voz temblorosa.

El estómago me da un vuelco. Trago en seco.

Me pongo de pie y ayudo a Brandon a levantarse.

—Me desperté cuando sentí una araña en la cara —dice.

—¿Te picó? —pregunto, buscando ronchas en su cuerpo.

Brandon niega con la cabeza.

—Talib tenía razón. Un zapato funciona. Excepto que se transformó en una serpiente antes de que la pudiera atrapar. Se enroscó en mi cuerpo y me arrastró por la ventana. —Mi compañero se inclina y pone las manos en las rodillas—. Creo que jamás he sentido tanto miedo. Tenemos que atraparla, Néstor.

Me enderezo y recupero el aliento.

—Eso es exactamente lo que vamos a hacer —digo, y me echo la mochila a los hombros—. Vamos.

Corremos al bosque. Miro al cielo. El Sol sigue subiendo cada vez más alto. En alguna parte del cielo brillante, la Luna comienza su marcha hacia el Sol. No estoy seguro de cuánto tiempo tenemos antes de que ocurra el eclipse. Al llegar al bosque, miro abajo al arroyo seco que lo separa de la cantera. La realidad de lo que voy a enfrentar me golpea. Lo único que tengo son los zapatos que llevo puestos y a un estudiante de sexto grado con cuestionables habilidades de caza a mi lado. Eso es lo único que tenemos contra una bruja que cambia de forma.

Brandon y yo nos deslizamos por el lecho del arroyo seco, con el fango que se nos mete en los zapatos, y trepamos al otro lado. Corro hasta el borde de la cantera, pero cada paso es un maratón. Las articulaciones me traquean al menor movimiento y los músculos me tiemblan.

Frente a nosotros hay un enorme agujero en la roca caliza. Profundos y pálidos riscos con marcas de garras que han dejado las máquinas excavadoras nos conducen hacia un suelo de tierra. Una única cueva ha sido excavada en el acantilado justo frente a nosotros, con su interior oscuro que oculta lo que sea que esté adentro. Grandes pilas de rocas llenan el suelo de la cantera, lo que crea un laberinto. Brandon se queja a mi lado.

Mentalmente, repaso lo que tenemos que hacer. Encontrar a mi abuela, Talib, María Carmen y el papá de Brandon. Detener a la tulevieja. Evitar que nos muerdan glotones o serpientes.

Pan comido.

—Néstor, espera —dice Brandon junto a mí. Su mano en mi hombro me hace pegar un brinco.

—¿Qué?

—Me parece que llegó la caballería.

# CAPÍTULO 24

**ME DOY LA VUELTA Y VEO UN ENJAMBRE DE ANIMALES** detrás de nosotros: cierva, coyote, cuervos, ardillas. Hasta un armadillo y algunos zorros. Moviéndose torpemente detrás de la multitud de animales hay un enorme oso negro.

—¡Hagámoslo! ¡Estoy loco por hacer caca encima de una bruja! —chilla Cuervito mientras da saltitos en el suelo.

Chela da un paso al frente e inclina la cabeza hacia mí.

—Estamos aquí para ayudar, Néstor. Solo dinos qué tenemos que hacer.

Miro a Brandon, y él se encoge de hombros.

—Adelante. Haz lo tuyo —dice.

Nos reunimos al borde del acantilado de la cantera con nuestro ejército de animales.

—¿Dónde crees que están? —pregunta Val.

Me muerdo el labio y pienso.

—Bueno, si dependiera de mí, escondería a todo el mundo en esa cueva. Así que ese es el primer lugar que deberíamos revisar.

—Yo lo haré —dice Cuervito, y levanta el vuelo hacia el cielo amarillento. Una neblina naranja se ha asentado en el aire mientras la Luna se acerca al Sol.

Brandon me da un empujoncito en el brazo con el codo.

—Vamos a tener que ir allá abajo, como ya sabes. Podemos usar las rocas de escondite, pero tenemos que cerciorarnos de podernos ver el uno al otro y comunicarnos cuando hayamos visto que no hay peligro.

Miro fijamente a Brandon, y él se ríe tímidamente. Creo que en verdad le caería bien a mi papá.

—Me parece buena idea. —Meto la mano en mi

mochila y saco el bastón plegable de mi papá. Con un gesto rápido de la muñeca, se convierte en una vara de metal que podría detener a un glotón que viene a la carga—. Toma esto —digo, y le entrego el bastón a Brandon.

Saco la potente linterna de mi papá y la agarro con fuerza en la mano, sintiendo el frío metal contra mi piel.

—Estará oscuro en la cueva, así que nos hará falta esto.

Brandon mira al sol y frunce el ceño. El tono naranja quemado del cielo ha hecho que los grillos piensen que se acerca el crepúsculo y sus cantos llenan el aire. El eclipse se acerca cada vez más.

—Esto se va a poner oscuro pronto. Mejor nos apuramos.

Cuervito regresa y se posa a mis pies.

—Están en la cueva.

—¿Alguna señal de la tulevieja? —pregunto.

—No. Pero estoy fermentando un poco de relámpago blanco para ella cuando por fin aparezca.

Miro a los animales a nuestro alrededor. El oso negro está arañando la tierra con sus garras enormes. El armadillo se ha convertido en una bola compacta que empujan los dos zorros de un lado a otro. Las ardillas se están metiendo bellotas en las mejillas y se las lanzan a Chela. Sin estos animales, seríamos tan solo Brandon y yo. Y si yo no pudiera entenderlos, estaríamos perdidos.

A lo mejor nuestras probabilidades no son tan malas después de todo.

—Muy bien. Hagámoslo —les digo.

Caminamos en círculo alrededor de la cantera y encontramos una pendiente inclinada que lleva hasta el fondo. Brandon y yo nos deslizamos de espaldas mientras los animales corren a toda prisa por sobre las rocas. Corremos hasta la cueva excavada en la ladera del acantilado. Su enorme entrada se vuelve más oscura cuando la Luna comienza a cubrir el Sol.

Brandon me hala el brazo cuando nos acercamos a la cueva.

—Cuando entremos, asegúrate de que...

Una mancha negra choca con Brandon y lo lanza a varios metros de distancia al pie de una enorme pila de rocas.

—¡Brandon!

Corro hacia él. La glotona se aleja de Brandon

mientras araña el suelo con sus garras y echa un aire caliente por las fosas nasales.

Brandon se levanta del suelo, se sacude la cabeza y se limpia las manos en los *jeans*.

—¿Estás bien? —le pregunto.

—Anjá. Hace falta algo más que un roedor rabioso para noquearme —dice, cerrando los puños.

La glotona baja la cabeza, lista para embestir de nuevo.

—No debieron venir —dice.

La tulevieja ataca de nuevo. La esquivo moviéndome a la derecha y Brandon se trepa a la pila de rocas para quitarse de su camino. La glotona choca con las rocas, lo que hace que algunas le caigan encima. Con esfuerzo, saca el cuerpo y sacude la cabeza.

La glotona se vuelve hacia mí y me fulmina con sus enormes ojos negros.

—Tú causas más problemas de la cuenta.

El oso negro viene a la carrera detrás de mí.

—Nosotros nos ocupamos de esto, Néstor. Ve y busca a tu gente.

La glotona ataca de nuevo, y el oso negro baja la cabeza, sus grandes garras listas para atrapar la masa de dientes y pelaje que se le aproxima. Brandon salta de la pila de rocas y corremos hacia la cueva. Escucho un grito a mis espaldas y echo un vistazo. Veo un pelaje negro que vuela por los aires mientras la tulevieja se transforma en una serpiente.

Corremos cueva adentro y nos detenemos, recostándonos a las paredes. Espero a que mis ojos se acostumbren a la oscuridad. La poca luz que se cuela por la entrada de la cueva no nos permite ver mucho adentro.

—Compadre, tu linterna —susurra Brandon a mi lado.

Bajo la cabeza.

—Anjá. Eh, se me cayó allá afuera.

—¿En serio?

Siento que algo me roza la pierna y pego un brinco.

—¿A ustedes les hace falta un poco de visión nocturna? —Bajo la vista y veo a Val a mis pies.

—Pues mira que sí.

—Muy bien. Síganme —dice, y trota hacia el interior de la cueva.

Le doy un empujoncito a Brandon.

—El coyote será nuestro guía.

Mi compañero suelta una risita.

—Compadre, yo sé que estamos en una misión de

rescate, intentando que no nos ataque una bruja, pero esto es lo más chévere que jamás me haya pasado.

Brandon y yo seguimos a Val por el pasadizo. Aguzo los ojos en la oscuridad y veo unos brillantes montículos blancos en el suelo. Me les acerco a la carrera y encuentro dos capullos hechos de telaraña, cada uno contiene una persona que se estremece con escalofríos.

Corro al primer capullo, que tiene pelo de color morado claro que le sobresale por la parte de arriba.

—¡Buela!

Intento quitarle la telaraña. La tiene apretada alrededor de su cuerpo y casi me corta la piel cuando la halo. Esto no se parece a ninguna telaraña normal que haya visto.

Brandon se agacha al lado del otro capullo.

—¡Papá! —dice. Trata de quitar la telaraña con la mano, pero tampoco lo logra.

—Usa tu cuchillo —digo.

Mi compañero se tantea los bolsillos de la chaqueta, entonces suelta una palabrota por la que mi abuela me daría un cocotazo si yo la dijera alguna vez.

—Creo que lo dejé en casa de María Carmen.

Val resopla a nuestras espaldas.

—Ustedes dos sí que son un equipo de rescate experto. Saben qué: regreso en un momento.

Corre a toda prisa por el pasadizo hacia la entrada de la cueva.

—Val fue a buscar ayuda.

Le pongo la mano en la cabeza a mi abuela. Ella se retuerce dentro del capullo.

—¿Mi niño? —murmura.

—Estoy aquí, abuela. Estoy aquí. Te vamos a liberar.

Val regresa con un gato montés a su lado.

—Bueno, para un par de genios que lo saben todo sobre los animales —dice en tono burlón—, me sorprende que no supieran que los gatos monteses tienen unas garras increíblemente afiladas.

—¡Perfecto! —dice Brandon—. No sé si tú sabías que los gatos monteses tienen unas garras increíblemente afiladas.

El gato montés vuelve la cabeza hacia Brandon.

—Eso es lo que acabo de decir. Y ya que estamos aquí: me llamo Rufus. Vuestro salvador, Rufus.

El gato levanta una gruesa pata y en nada deshace el capullo que envuelve a mi abuela cortando la tela apretada. Mi abuela se desploma en mis brazos con un suspiro.

—¿Estás bien? —le pregunto con un hilo de voz.

—Sí, mi niño. He vivido cosas peores que esta —dice, con una risita que le brota de la garganta.

Rufus pasa al capullo del papá de Brandon y despedaza la tela y lo libera. Brandon agarra las manos de su papá para ayudarlo a levantarse.

—Ese es mi muchacho —dice el papá de Brandon. Hala a su hijo y le da un abrazo. Los miro y trago en seco el nudo que se me hace en la garganta.

El papá de Brandon mira a mi compañero y al gato montés.

—Hijo, estoy seguro de que tienes una buena explicación para todo esto, pero voy a esperar a que me la cuentes —dice, gimiendo y extendiendo los brazos.

Brandon le da otro abrazo a su papá.

—Qué bueno. Porque ahora ni yo mismo sé qué demonios voy a decir.

Mi abuela se apoya en mí.

—Tenemos que buscar a tus amigos.

Me vuelvo hacia Val.

—Hay dos capullos más aquí. Tenemos que encontrarlos.

El papá de Brandon le susurra a su hijo en el oído:

—¿Y le acaba de... ?

Brandon se lleva el índice a la boca.

—Más tarde. Todo esto cobrará sentido más tarde. A lo mejor.

Escucho a Val correr a toda prisa cueva adentro. Después de un minuto, grita:

—¡Están aquí! ¡Están aquí!

—¡Ve! ¡Búscalos! —le digo a Rufus, que sale como un bólido por la cueva.

Nuestra respiración agitada retumba por la cueva mientras mi abuela, Brandon, su papá y yo esperamos a que Val y Rufus regresen con María Carmen y Talib. Escuchamos unas pisadas que provienen de lo más profundo de la cueva. Mi abuela me agarra la mano a medida que se acercan.

Y entonces escuchamos una voz.

—Voy a romper a esa serpiente en mil pedazos.

María Carmen.

—Muchachos, estamos aquí —grito—. Solo sigan al gato montés.

Los pasos se apresuran y pronto María Carmen y Talib están parados frente a nosotros. María Carmen me envuelve en un abrazo y Talib me da una palmada en la espalda.

—Ay, mis niños —dice mi abuela, acogiéndonos en sus brazos.

—Gracias por venir a buscarnos —dice María Carmen. Mira tímidamente a Brandon—. Gracias.

Rufus me toca la barbilla con la cabeza.

—Hay muchísimos animales allá abajo —dice, señalando la cueva oscura con la pata—. También deberíamos sacarlos de ahí.

Traduzco el mensaje de Rufus a todos, y Brandon y yo nos vamos por el pasadizo con el gato. María Carmen —que no para de insultar a la tulevieja— y Talib se quedan con el papá de Brandon y mi abuela.

Brandon y yo nos detenemos frente a una hilera tras otra de brillantes capullos de telaraña. Rufus se lame la pata y dice:

—Apártense para que el profesional haga lo suyo, por favor.

Halo a Brandon hacia atrás mientras Rufus rompe cada uno de los capullos, revelando perros, gatos, conejos y cabras. Se toma un poco más de tiempo en un capullo increíblemente grande que muestra un caballo de color marrón cuando las telarañas caen al suelo. El caballo se sacude la crin y pide una zanahoria.

Brandon y yo ahuyentamos a los animales por el pasadizo mientras Rufus libera a más y más. Parece una fuga masiva de un zoológico que mana fuera de la cueva.

Por fin, corremos de vuelta hacia donde están María Carmen, Talib, mi abuela y el papá de Brandon.

—Salgamos de aquí —les digo.

—¡Síganme! —grita Val.

—Ya lo escucharon. ¡Vamos! —digo, y comienzo a correr hacia la entrada de la cueva.

—Néstor, nosotros no hablamos coyote —murmura Talib mientras me sigue junto a los demás hacia la cantera que se pone cada vez más oscura.

# CAPÍTULO 25

**AL SALIR DE LA CUEVA**, vemos que el eclipse está casi en su fase total. La Luna cubre la mitad del Sol y crea sombras largas en toda la cantera.

—Tenemos que encontrar a la tulevieja —le digo a mi abuela—. Será incluso más poderosa después de que acabe el eclipse. Entonces jamás podremos detenerla.

—Por supuesto, mi niño —responde ella, que todavía no ha podido recuperar el aliento y no está en condiciones de pelear contra una bruja.

Me vuelvo hacia el papá de Brandon.

—Señor... eh, papá de Brandon. ¿Usted cree que se podría ocupar de mi abuela? No creo que esté lista para una pelea.

El papá de Brandon extiende la mano hacia mi abuela, y ella lo toma del brazo. Noto debajo del recodo de su brazo un tatuaje que dice USMC.

—Sé que ella estará en buenas manos con un marine —digo.

El papá de Brandon baja la cabeza y sonríe.

—¿Estás seguro de que ustedes se pueden encargar de esto? —pregunta. Estira la columna y hace una mueca de dolor mientras se frota una antigua cicatriz en la base del cuello—. ¿No les hace falta ayuda de un marine viejo?

Niego con la cabeza.

—Nosotros podemos hacerlo, señor. Pero a mi abuela en verdad le hace falta que alguien se quede con ella ahora mismo.

El papá de Brandon endereza los hombros.

—La llevaré a su casa. No te preocupes. Y ustedes tengan cuidado. Esa bruja es muy malvada.

—Dale un chancletazo en mi nombre —dice mi abuela, y le permite al papá de Brandon que la conduzca hacia arriba, fuera de la cantera—. Chao, pescao.

—Y a la vuelta, picadillo —le grito de vuelta.

María Carmen, Talib, Brandon y yo nos agachamos detrás de una pila de rocas en el suelo de la cantera. El oso que estaba haciéndole frente a la bruja no se ve por ninguna parte.

—¿De veras le vas a dar un chancletazo a la tulevieja, tal y como te dijo tu abuela? —pregunta María Carmen, y suelta una risita.

—De eso nada, monada —le digo—. Dejé las chancletas en la casa.

Una ardilla viene jadeando a la carrera hasta nosotros y araña el suelo.

—La tenemos arrinconada en el borde de la cantera. Apúrense.

María Carmen, Talib y Brandon me miran a la espera de que les traduzca lo que dijo la ardilla.

—Está allá arriba —digo, y señalo por encima de nosotros al bosque.

—Pongámosle punto final a esto —dice Talib, y se levanta de las rocas.

Brandon le agarra el brazo.

—Espera. No todos deberíamos ir hacia ella desde

la misma dirección. Deberíamos, eh... ¿Cuál es la palabra, Néstor?

—¿Flanquearla?

—Anjá. Eso mismo. Deberíamos flanquearla.

—Buen plan —digo—. Talib: tú y Brandon vayan a través del bosque y ataquen a la bruja por la espalda. María Carmen y yo saldremos de aquí, desde la mismísima cantera.

—Les indico el camino —dice la ardilla.

Señalo a nuestra amiga peluda y les digo a Talib y Brandon:

—Solo tienen que seguir a la ardilla.

Talib niega con la cabeza.

—Justo cuando uno piensa que esto no se podría poner más raro.

Brandon y Talib salen a la carrera detrás de la ardilla mientras María Carmen y yo escalamos la pendiente por la que entramos a la cantera. Estoy casi a la altura de la última pila de rocas cuando me tumban al suelo. Me caigo al lodo, sin aire en los pulmones.

Escucho que María Carmen grita:

—¡Aléjate de él!

Levanto la vista y veo a la señorita Humala.

—Espera, Néstor —dice ella—. Un poquito más y

el eclipse será completo. Ella obtendrá lo que quiere y se irá. Ya está furiosa de que tú le hayas impedido tomar más animales. Solo deja que coja unos cuantos más.

Miro por encima de ella hacia el cielo. La Luna casi ha cubierto completamente el Sol.

—No le voy a permitir que le haga daño a nadie más —digo. Me pongo de pie, con la espalda adolorida y las manos que me sangran por la gravilla. Me las limpio en los jeans—. Tenemos que detenerla y usted lo sabe.

La señorita Humala me embiste de nuevo. María Carmen me hala del brazo y me aparta de su camino. Trepamos a toda prisa la pila de rocas y nos alejamos de la maestra.

—Yo sé que ella es su mamá —dice María Carmen—, ¡pero no le puede permitir que haga esto!

La señorita Humala da un puñetazo en las rocas.

—¡He intentado detenerla durante años! Pensé que podía huir de ella, pero no sirvió de nada.

—Pero nosotros la podemos ayudar —digo—. La podemos detener juntos.

La señorita Humala niega con la cabeza.

—Ustedes son unos tontos. Ella ha hecho esto toda

mi vida. ¿Ustedes se imaginan lo que es que la arrastren a una por todo el mundo mientras su mamá persigue eclipses? Se ha vuelto más y más poderosa. Nunca va a parar. —Vuelve la cabeza violentamente hacia nosotros, con sus ojos negros que miran alocadamente en todas las direcciones—. Pero yo los puedo detener a *ustedes*.

Agita los brazos y comienza a escalar la pila de rocas hacia nosotros.

—¡No! —grito, y salto encima de la señorita Humala, lo que hace que nos caigamos los dos. Siento que algo cruje debajo de mí cuando le caigo encima del brazo al estrellarnos contra el suelo.

María Carmen se desliza por la pila de rocas detrás de mí.

—Señorita Humala, deténgase —le suplica.

—Nosotros podemos ayudarla a detenerla —digo mientras me pongo de pie y le extiendo las manos.

La señorita Humala se levanta y se sostiene un brazo que cuelga en un ángulo que no parece natural. El hombro le tiembla mientras suspira.

—Ella... se debilitará si... —Hace una pausa y frunce los labios.

—¿Si qué? —dice María Carmen—. ¡Díganos!

La señorita Humala niega con la cabeza mientras las lágrimas le corren por las mejillas.

—Si ella gana poderes al morder a un animal, lo contrario también es verdad.

Escucho un grito que retumba en las paredes de la cantera. Suena muy similar a Talib.

María Carmen y yo nos alejamos a la carrera de la señorita Humala. La veo trepar con esfuerzo por las paredes de la pendiente y desaparecer en el bosque. Al escalar por el borde de la cantera, María Carmen y yo le echamos un vistazo al bosque.

María Carmen suelta un soplido y se cubre la boca. Talib y Brandon están en el suelo, con los ojos cerrados y grandes ronchas en el cuello. Rufus está inconsciente, envuelto en un capullo de telaraña.

—El eclipse ya llegó —dice la tulevieja furiosa—. Tan solo una mordida y tendré tus poderes.

Miro al cielo. El Sol todavía muestra un fino rayo de luz en forma de cuarto creciente detrás de la Luna.

La tulevieja saca un largo dedo huesudo y lo pasa por el costado del capullo de telaraña y expone el torso de Rufus. De los dientes le crecen unos colmillos que brillan en la poca luz que el sol todavía irradia. Vuelve la cabeza violentamente y clava los colmillos en el cuerpo del animal. Rufus se estremece y se retuerce bajo los apretados hilos de seda.

Al retirarse de su presa, la tulevieja se limpia la boca con el dorso de la mano y los colmillos se retraen en sus encías. Su cuerpo comienza a temblar mientras un pelaje dorado con manchas le brota en la piel. Los huesos en las manos le traquean mientras forman patas que terminan en afiladas garras y las orejas se le crispan en puntos negros y peludos.

—Eso no es bueno —susurra María Carmen a mi lado.

Sin embargo, tan pronto como se transforma, las garras de la tulevieja desaparecen en sus manos a la vez que sus orejas se redondean y el pelaje se le cae del cuerpo. Es humana una vez más.

El Sol todavía se asoma a través del más fino rayo de luz detrás de la Luna. La tulevieja se adelantó.

—¡No! —grita, y su voz retumba en las paredes de la cantera.

Alcanzo una piedra que me queda a mano y se la lanzo; le da en la nuca con un golpe seco. La bruja tropieza hacia delante y se vuelve a enfrentarme mientras yo me arrastro hasta el borde de la cantera.

Ahora los ojos de la muy malvada están inyectados de rojo sangre.

Los hombros le jadean mientras intenta recuperar el aliento. Sus ojos se aguzan al mirarme y una mirada siniestra le brota de las comisuras de la boca.

—Querido, no creo que te des cuenta del regalo que me has hecho —dice—. ¿Por qué querría yo los poderes de un gato montés... cuando podría tener los tuyos?

Trago en seco.

—Entonces suéltelo. No lo necesita —grito, con la esperanza de que mi voz temblorosa no revele el miedo que siento.

La tulevieja se mueve lentamente hacia mí.

—Tan deseoso de sacrificarte por ellos —dice, moviendo una mano huesuda en dirección a Talib y Brandon, que yacen en el suelo. Detrás de ellos yacen también una ardilla, un armadillo y un zorro, todos envueltos en capullos y paralizados por picaduras de araña.

Agarro una piedra más grande y la aprieto fuertemente en mi puño.

—Suéltelos.

La sonrisa en la cara de la tulevieja muestra unos filosos dientes amarillentos y una risa siniestra le brota de la garganta.

—Imagínate si yo pudiera hacer lo que tú haces. Hablar con ellos. Entenderlos. No tendrían ningún poder sobre mí.

La tulevieja camina frente al malherido Rufus y acorta la distancia entre nosotros. Mi puño se cierra fuertemente alrededor de la piedra en mi mano. La bruja se me acerca más y yo le tiro la piedra. Hace una mueca de dolor cuando le golpea en el muslo, pero sigue su paso.

Por el rabillo del ojo, veo a María Carmen que trepa por la cantera y sale al bosque lentamente hacia el gato montés.

La tulevieja chasquea la lengua. Mira al cielo. La Luna ha cubierto por completo al Sol. Un anillo eléctrico emerge alrededor de la sombra de la Luna. Tengo seis minutos antes de que acabe el eclipse total.

—¡Es la hora! —grita la tulevieja, y corre hacia mí.

—¡No! —Me lanzo contra ella y la tumbo al suelo. De un empujón me quita de encima de ella, clavándome las uñas en los hombros.

Me paro entre mis amigos y la bruja.

—No nos vas a hacer daño a ninguno de nosotros.

La tulevieja frunce el ceño. Levanta la vista hacia el eclipse, todavía en fase total. Sus ojos rojos sueltan un destello y se abalanza sobre mí. Al sujetarme contra el suelo, me suelta su aliento caliente en la cara.

Gimo y forcejeo con ella.

—No les hagas daño. Si sueltas a mis amigos, te dejo que me muerdas —digo trabajosamente mientras abrigo la esperanza de que un rinoceronte embista desde el bosque y destruya a la tulevieja para no tener que cumplir mi parte del acuerdo.

Al agacharse, me susurra al oído:

—Y, ya que estamos, ¿quién dice que no me voy a llevar a tus amiguitos cuando acabe contigo?

Me retuerzo bajo su peso mientras sus dientes delanteros se convierten en colmillos de serpiente. Mi cuerpo comienza a temblar y dar sacudidas. Siento que el corazón me palpita en los oídos.

—Estate tranquilo, querido —dice la tulevieja mientras forcejea conmigo—. Voy a hacer que esto sea rápido.

Vuelvo la cabeza hacia el bosque en busca de alguna señal de los animales que nos ayudaron antes.

Brandon y Talib todavía están en el suelo, paralizados por la picadura de araña. María Carmen intenta librar a Rufus, pero no puede cortar la telaraña y tiene las manos rojas por el esfuerzo.

Miro al cielo y veo que Cuervito se eleva por encima de nosotros.

—Madre mía, madre mía, madre mía —exclama mientras vuela en círculos por debajo del eclipse.

—¡Busca ayuda! —grito con mucho esfuerzo.

La tulevieja se inclina más cerca de mi cuello. Siento las puntas filosas de sus colmillos que presionan contra mi piel. Cierro los ojos a la espera de la mordida, incapaz de detenerla.

Escucho unas pisadas de cascos a mi derecha y la tulevieja es lanzada lejos de mí en una mancha borrosa de colmillos y astas. Un ciervo grande se para, con las astas apuntando hacia abajo, entre la tulevieja y yo y araña el lodo con los cascos.

La tulevieja está desplomada en el suelo, tanteando las piedras a su alrededor.

El eclipse total está comenzando a desaparecer.

—¡No! Te necesito. No puedo perder tiempo. ¡Esta es mi última oportunidad!

Da un puñetazo en el suelo y se precipita hacia el

ciervo. El coyote sale del bosque y embiste a la tulevieja en la cara y la araña en la mejilla. Un destello de llamas naranjas le brota por las cortadas.

Corro hacia María Carmen y el gato montés, todavía con las manos temblorosas.

Un grito desgarra el aire. La tulevieja está en el suelo, con sus largos dedos que se clavan en el lodo mientras su cuerpo se estremece. Las escamas en su piel se vuelven más gruesas y de color marrón. Su cuerpo se alarga más y más. Con un grito final, se transforma en una serpiente.

—¡Huyan! —grita el ciervo.

La tulevieja sisea y se arrastra hacia Talib y Brandon. Cuervito vuela hacia ella y le clava las garras detrás de su gruesa cabeza. Val se para frente a Talib y Brandon y le gruñe a la bruja. Se da la vuelta y les lame las picaduras de araña que tienen en el cuello. Mis compañeros comienzan a moverse.

Chela corre hacia Talib y Brandon y los ayuda a levantarse dándoles un empujoncito con la cabeza.

—Llévalos a casa —le digo.

Ambos se apoyan en su lomo, mientras sacuden la cabeza por los efectos del veneno de la serpiente y salen del bosque dando tumbos.

—Tenemos que ponerle punto final a esto, Néstor —dice el ciervo.

Val tiene a la tulevieja contra el suelo y la sujeta con las patas. La bruja le tira una dentellada a unos centímetros del hocico, salpicándole la cara con saliva. El coyote le hunde los dientes en el cuello. Otro destello de fuego brota de la herida abierta y los ojos de la tulevieja se le ponen más redondos mientras se transforma de una serpiente en una glotona.

—Esa es la cosa —digo—. ¡Ella se vuelve más débil cada vez que la muerden!

La tulevieja le da un latigazo con la cola a Val, forzándolo a soltarla. El coyote se aleja de la tulevieja, gruñe mostrando los dientes y se abalanza sobre la serpiente, pero ella le estrella su gruesa cola en el cuerpo y lo envía por los aires contra un árbol grande.

La tulevieja se lanza como un cohete hacia mí y el ciervo. Recojo un palo grande y lo rompo en su cara. Ella suelta un latigazo con su cola y la envuelve alrededor de mi cuerpo aplastándome los brazos para que no me pueda mover.

—¡Muérdela! —grito, con la esperanza de que los animales que estén cerca me escuchen—. ¡Tienes que morderla!

La serpiente levanta la cabeza y clava sus ojos de glotona en los míos.

—Oh, eso es lo que tengo en planes, querido.

La tulevieja mira hacia arriba y ve que la Luna comienza a moverse de nuevo más allá del Sol, deshaciendo la corona.

—Ya no hay más tiempo —sisea—. Yo siempre he querido hablar con mis presas.

Sus colmillos se me acercan mientras la mandíbula se le ensancha más y más. Tal parece que me fuera a tragar completo. Miro más allá de la boca abierta de la tulevieja y veo que el ciervo le pisotea la cola con sus cascos, lo que la hace soltarme. El ciervo baja la cabeza y carga a la tulevieja con sus astas y, con un rápido movimiento del cuello, la envía por los aires al bosque.

—Me estoy cansando de esta bruja —dice.

—Tú y yo —murmuro mientras recupero el aliento—. Tenemos que lograr que todos los que puedan morderla, lo hagan. Ese es el único modo de quitarle sus poderes.

—Entendido. Entendido —dice una ardilla que corre a toda prisa a mi lado—. Yo correré la voz. Le diré a todo el mundo.

Escuchamos un grito que brota del bosque y la tulevieja en forma de serpiente sale de entre los árboles. Viene hacia mí como un cohete, y yo ruedo hacia un lado para evitar sus colmillos al descubierto. El ciervo baja las astas al suelo a su alrededor y atrapa a la serpiente que se revuelca frenéticamente.

Cuervito se lanza en picado desde el cielo y pica a la tulevieja en la espalda. Pequeños destellos le brotan de las escamas que son reemplazadas por mechones de un pelaje negro.

La tulevieja se retuerce y sisea mientras Val se le acerca mostrando sus pequeños dientes afilados. La muerde en el costado una y otra vez, lanzando destellos brillantes al aire. Unas patas peludas le brotan del cuerpo mientras ella continúa forcejeando contra las astas del ciervo.

Val arremete contra la tulevieja, entre gruñidos, y le clava los dientes detrás de la cabeza. El hocico redondo se vuelve puntiagudo mientras le salen unos bigotes de las escamas y unas orejas peludas le brotan en la cabeza.

Mientras patalea, la serpiente, ahora casi completamente transformada en una glotona forcejea contra las astas del ciervo y se libera y se levanta del suelo.

Les gruñe a los animales que la rodean en busca de una oportunidad de morderla.

María Carmen y yo escuchamos unos resoplidos que vienen del bosque y una enorme forma negra emerge de entre los árboles.

—¡Tienes que morderla! Ve. ¡Ve! —le grita María Carmen al oso.

El enorme oso se mueve torpemente hacia la tulevieja cubierta de escamas y pelaje y la envuelve con sus brazos. Le hunde los dientes en el cuello. Un destello de luz llena el borde de la cantera y yo cierro los ojos.

Un grito desgarra el aire mientras el oso empuja a la tulevieja al borde del acantilado, con sus patas que arañan la tierra desesperadamente. Al abrir la boca y soltarle el cuello, el oso golpea a la tulevieja en el pecho con sus patas. Ella cae por el borde de la cantera, moviéndose frenéticamente durante la caída. Su cuerpo se estrella con fuerza contra una roca afilada en el suelo de la cantera y un crujido de huesos retumba a través del aire.

María Carmen y yo corremos al borde del acantilado y miramos hacia abajo. El cuerpo de la tulevieja yace entre dos peñascos en ángulos nada naturales.

Aguantamos la respiración a la espera de alguna señal de movimiento de la enredada masa de pelaje y garras. Pero nada se mueve.

Está acabada.

—No se convirtió en humana —dice María Carmen—. Se siguió debilitando, pero nunca volvió a convertirse en una humana.

—A lo mejor ella nunca *fue* humana —digo, y me estremezco ante esa idea.

La cantera se llena de luz mientras el Sol sale de detrás de la Luna. El eclipse ha terminado. La sombra del cuerpo de la tulevieja se alarga sobre las rocas mientras la creciente luz solar agudiza su sombra en telarañas que se extienden a través de la cantera.

# CAPÍTULO 26

Querido papá:

Resulta que New Haven no es tan aburrido
como pensé que sería. Figúrate tú.

Tenemos un nuevo consejero del club
de conocimiento general: el entrenador
Rodríguez. Nuestra consejera anterior,
la señorita Humala, decidió tomarse
unas largas vacaciones lejos de New
Haven. Parece que enseñar fotosíntesis
y las fases de la Luna a unos engreídos
estudiantes de sexto grado era demasiado
para ella. El entrenador Rodríguez no es

malo. A veces se le olvida que habla con unos niños acerca de datos curiosos de los animales y que no está entrenando al equipo de fútbol, así que suena altísimo el silbato que le cuelga del cuello cuando respondemos incorrectamente una pregunta. Antes de nuestra última competencia nos dijo que "lo teníamos que dejar todo en el terreno".

No estoy seguro de qué espera que hagamos.

Brandon en realidad ha acabado siendo un buen miembro del club. ¿Te dije que su papá estaba en el Cuerpo de la Marina? Pero nunca lo mandaron a una misión. Se lesionó la espalda en un ejercicio de entrenamiento y le dieron baja con honores. Brandon dice que su papá echa muchísimo de menos ser un marine. ¿Tú crees que echarías de menos estar en el ejército?

¿Mamá te contó de toda la locura en la cantera? Encontraron a un glotón muerto sobre una rocas. Ahora todos dicen que es muy peligroso ir al bosque, en caso de que haya otros glotones por ahí.

Pero yo pienso que no habrá problema.

¿Y viste el eclipse? No creo que fuera

visible en Afganistán. Pero por aquí fue
bastante interesante. ¿Tú sabías que hay
gente que cree que uno puede obtener
poderes especiales durante un eclipse? Eso
sería una locura, ¿no es cierto? Podrías
aprender a volar o ganar una fuerza
descomunal.

A lo mejor hasta podrías hablar con los
animales.

Te quiero. Cuídate.

—Oye, suelta tu cuaderno de dibujo —dice Talib, y
me da un empujoncito con el codo—. Nos hace falta
un juez.

Brandon empuja un plato lleno hasta el tope de
Cheetos súper picantes en una mesa que está en el
patio de la casa de mi abuela.

—Vamos a ver quién se puede meter más Cheetos
en la boca.

Niego con la cabeza.

—De eso nada, monada. Yo no soy el juez... soy el
campeón —digo, y agarro un puñado de Cheetos y me
los meto en la boca.

Talib y Brandon se miran entre sí y agarran los
Cheetos y se los meten en la boca.

—Caballeros, estoy bastante segura de que esa es una manera bastante fácil de atorarse —dice mi mamá, aclarándose la garganta detrás de nosotros.

—Pero moriremos como vencedores —murmuro con la boca llena de Cheetos, lanzando migajas por toda la mesa.

—Morirán como idiotas —dice María Carmen, y se sienta con una hamburguesa y papitas fritas en su plato junto a Brandon.

El papá de Brandon está a cargo de la parrilla en el pórtico de mi abuela mientras la señora Córdova y la mamá de Talib ponen las ensaladas en la mesa. Hemos hecho una barbacoa para celebrar la victoria más reciente del club de conocimiento general. Nuestro triunfo sobre la secundaria de San Jermin ha mantenido nuestra racha de invictos intacta.

Después de que dejamos a la tulevieja en la cantera, los animales en el pueblo dejaron de desaparecer. Perros, gatos, cabras, caballos y hasta un hámster callejero se las arreglaron para regresar a sus dueños. George, el perro de Talib, condujo a las cabras perdidas de María Carmen hasta el mismísimo patio de Talib y trató de que entraran en la casa a través de la puertecita del perro. Y ahora que mi abuela ya no anda por los bosques, a la gente se le ha olvidado que estaban bravos con ella y han pasado a la próxima noticia de interés, el hecho de que el equipo de baloncesto del preuniversitario de New Haven ganó su primer partido en cinco años.

—¿Saben qué debíamos haberle hecho al entrenador Rodríguez después de nuestra victoria? —pregunta Talib mientras se roba una papita frita del plato de María Carmen, que le da un manotazo en la mano.

—¿Qué?

—Echarle un cubo de Gatorade en la cabeza.

Brandon se ríe y casi se atraganta con un Cheeto.

Mi mamá le da una palmada fuerte en la espalda.

—Se lo dije —dice, y enarca una ceja. Luego entra a la casa para ayudar a mi abuela con el postre.

El papá de Brandon pone un plato con hamburguesas frente a nosotros.

—La hora de la jama, caballeros. Y señorita —dice, y le hace un guiño a María Carmen—. Necesitan fuerzas para la próxima competencia. —Hace una pausa y le pone la mano en el hombro a Brandon—. Y para cualquier otra cosa que pueda surgir, ¿no es así?

Talib y yo asentimos. El papá de Brandon nunca

nos mencionó lo que pasó en el bosque con la tu-levieja pero, a la semana siguiente en la escuela, Brandon me deslizó un broche por encima de la mesa de la cafetería. Era el globo terráqueo y el ancla que se ponen todos los marines en sus uniformes de gala.

—Mi papá quiere que tengas esto —dijo.

Examiné el broche; su superficie dorada brillaba bajo las luces de la cafetería. Lo tomé y lo puse en mi mochila, justo debajo de la cinta con el apellido LÓPEZ que mi papá siempre ha cosido en su uniforme. El ejército y el Cuerpo de la Marina juntos. Solté una carcajada al imaginar lo que pensaría mi papá.

María Carmen y Talib se levantan con sus platos y van hacia otra mesa que mi abuela ha abarrotado con comida. Brandon y yo nos sentamos y miramos a Cuervito dar saltitos que se acercan más y más al plato que ignora la mamá de Talib.

—Como sabrás, lo que tú haces es bien chévere —dice Brandon tan bajito que casi no lo escucho.

—Gracias —murmuro, a la vez que empujo una papa frita a uno y otro lado de mi plato con la hamburguesa a medio comer. Miro al papá de Brandon que sigue cocinando en la parrilla—. Me alegra que tu papá esté bien.

Brandon muerde su hamburguesa y asiente.

—El tuyo también —susurra.

Asiento, y me trago el nudo en la garganta.

María Carmen y Talib regresan enfrascados en una discusión acerca de la mamá de quién hace los mejores macarrones con queso.

Niego con la cabeza y me levanto a buscar las empanadas de mi abuela.

—Oye, campeón —dice mi mamá, que está sentada en los peldaños de la escalera del patio quitándole semillas de ajonjolí al pan de la hamburguesa.

Me siento a su lado mientras se sacude las semillas descartadas del regazo.

—Hoy noté algo en tu cuarto —dice.

Mi mente repasa todo lo que está ahí. ¿Volvió Val a instalarse en mi cuarto? ¿Encontró mi mamá la prueba de historia de Texas que suspendí?

—¿Ah, sí? —pregunto, y me halo el borde del pulóver.

—¡Lo desempacaste todo! —dice, y me da un empujoncito con el codo.

Sonrío y le robo una papa frita del plato.

—Anjá. Resulta que la cosa no está tan mala aquí en casa de mi abuela.

—¿No está tan mala? —dice mi mamá, señalando a la mesa en la que María Carmen y Talib intentan ver quién le puede tirar rodajas de pepinillo en la boca a Brandon—. Yo diría que la cosa está bastante buena.

Mi mamá suspira y pone el plato a su lado. Me toma la mano y la aprieta.

—Sería mejor si tu papá estuviera aquí, ¿no es cierto?

Le pongo la cabeza en el hombro.

—Todo sería mejor con mi papá aquí.

Vemos a Cuervito picotear las sobras de la hamburguesa de la mamá de Talib. Mi abuela saca los churros de la señora Córdova y los pone en la mesa en la que están sentados mis amigos. Las risas flotan en el aire y nos llenan los pulmones.

Trazo las líneas de la mano de mamá con el pulgar; un mapa de todos los lugares en los que hemos estado. Todas las escuelas nuevas, las casas nuevas, la gente nueva. Su mano siempre ha estado ahí, sosteniendo la mía.

—Gracias, mamá —digo.

Ella me mira.

—¿Gracias por qué?

—Por todo —digo, y me encojo de hombros—. Por

cerciorarte de que mis amigos no se atraganten con papitas. Por dejar que mi abuela me haga pastelitos para el desayuno. Y el almuerzo. Y la cena. Por hacernos venir a New Haven.

—Oh, santo cielo, ¡cuánto me habría gustado grabar eso! De lo contrario, tu padre nunca me lo va a creer.

Niego con la cabeza.

—Nunca vas a olvidar esa metida de pata, ¿no es cierto?

Mi mamá se ríe.

—Voy a hacer que impriman lo que acabas de decir en el anuario escolar en tu último año del preuniversitario. ¡Te lo garantizo!

Mi mamá me da un empujoncito para que me levante y regreso a la mesa. Me siento junto a Talib.

—Brandon dice que le puedes dar un puñetazo —dice Talib con la boca llena de churros.

—¿Y por qué iba a hacer eso?

—Derramó cátchup en tu cuaderno de dibujo.

Brandon me desliza el cuaderno a través de la mesa.

—Lo siento, compadre. El chorro salió como el peo de un caballo.

Paso las páginas y me detengo en un dibujo que hice de un glotón. Una mancha roja ha embarrado toda la página.

María Carmen se inclina y mira el dibujo.

—A decir verdad, esto luce más preciso.

Asiento con la cabeza.

—Anjá. Definitivamente Brandon mejoró el dibujo.

Paso las páginas del cuaderno y miro los dibujos que he hecho. Cuervito comiéndose los tomates de mi abuela. Val cuando se escondía en mi cuarto. Chela desayunando en el bosque. Hasta hice un boceto de Talib sonriendo durante una clase de Ciencias. Y hay uno de María Carmen sosteniendo nuestras tarjetas de conocimiento general.

—¿Y esa página qué es? —pregunta Brandon cuando llego a la página "Días en New Haven".

—Oh, es que mantengo un registro de cuántos días hemos pasado en todos los lugares en los que he vivido. Por lo general, con el tiempo tengo que comenzar una página nueva para otro sitio.

María Carmen le echa un vistazo a la página.

—Solo hay veintidós rayitas en la página. Tú has estado aquí más tiempo.

Paso los dedos por encima de la página.

—Anjá. Supongo que olvidé hacer las rayitas cada día. Eso iba a pasar de todas maneras con una tulevieja loca aterrorizando al pueblo.

Talib enarca una ceja.

—Pensé que era porque disfrutabas tanto de nuestra compañía.

Sonrío y miro las caras que me rodean a la vez que escucho la risa de mi abuela que se mezcla con la de mi mamá.

Talib tiene razón.

Cierro el cuaderno de dibujo y le paso la mano a la cubierta desgastada. A lo mejor dejo esas páginas en blanco y paso por alto los días que pasen sin hacer la cuenta regresiva. Empacar y desempacar cajas. Dejar que mi papá venga y se vaya y vuelva a venir de nuevo.

Lo más probable es que llene las páginas no con rayitas sino con dibujos de Talib mientras intenta equilibrar un lápiz en la nariz. O de María Carmen mientras le saca la lengua a su ajolote en el momento en el que él le pide más comida. O de Brandon que se pone la pintura de camuflaje de su papá en la cara y se esconde detrás de un árbol de mezquite. De mi abuela que le pasa la mano a una tela nueva en su máquina de coser. De los nudillos de mi mamá mientras se hala el dobladillo de su uniforme.

Voy a llenar mi cuaderno con dibujos de mi hogar.

## NOTA DE LA AUTORA

La leyenda de la tulevieja es originaria de Panamá y Costa Rica, dos países en los que viví cuando era más joven. La bruja que aterroriza New Haven es un poco diferente a la tulevieja tradicional. La que Néstor se encuentra se puede convertir en varios animales al morderlos; la tulevieja panameña y costarricense toma la forma permanente de mitad mujer, mitad pájaro. Unas pequeñas alas de murciélago le salen de la espalda y unas garras afiladas de halcón reemplazan sus pies. Al deambular por los pueblos en la noche, anda en busca de sus niños perdidos, atraída por los llantos de los bebés recién nacidos y los aullidos de los perros. Muy similar a la leyenda latinoamericana de La Llorona —una mujer que ahogó a sus hijos y ahora los busca a orillas de los ríos—, la tulevieja se lleva a los niños de sus casas, pensando que son suyos. Como ocurre con la mayoría de los cuentos del coco, los padres usan la leyenda de la tulevieja para asustar a sus hijos y evitar que anden solos.

# AGRADECIMIENTOS

Acostumbro a demostrar el amor y la gratitud a través de la repostería, así que les debo un gran plato de pastelitos de guayaba a varias personas que me ayudaron a que este libro viniera al mundo.

A mi agente, Stefanie Sanchez Von Borstel, por creer en la historia y presionarme para que la hiciera lo mejor posible. Me siento agradecida por tu entusiasmo, por tu arduo trabajo pero, sobre todo, por tu amistad. Me emociona muchísimo formar parte de la familia de Full Literary Circle.

A mi editora, Trisha de Guzman, por tu paciencia y el apoyo que me has brindado en mi debut como autora. Gracias por haber visto la esencia de mi historia. Eres increíble y me siento agradecida de trabajar contigo. Al equipo completo de Farrar Straus Giroux BYR/ Macmillan, por su incansable trabajo en mi nombre y por su entusiasmo sin límite.

Varios grupos que me apoyaron a diario tendrán que organizar una comida a la canasta para que celebremos. Yo llevaré los tostones y las croquetas. A SCBWI Austin, le estoy eternamente agradecida por la conferencia que me presentó a mi maravillosa agente.

Gracias por su constante apoyo a los autores. A mi clase de Pitch Wars de 2017, gracias por mostrarme cuán verdaderamente fabulosa es la comunidad de escritores. A Las Musas y mis hermanas de Kidlit Latinx, gracias por demostrar que nuestras historias valen la pena y que nuestros niños pueden ser héroes.

A mi fenomenal compañera de crítica, Sarah Kapit, que leyó la primera versión más temprana de esta historia y me animó a continuar escribiendo cuando todavía yo no osaba llamarme "autora". A mi mentora de Pitch Wars, Jessica Bayliss, por animarme a ahondar en la historia y por guiarme a través del proceso de revisión.

A Kimberly Zook, que leyó los capítulos iniciales de este libro y me dio su visto bueno como esposa y madre de un militar. Las madres y los padres de militares tienen mi más profunda admiración y gratitud por su habilidad de proveer estabilidad y amor en ambientes que cambian constantemente. Este libro es para ustedes.

A mi familia: mi mamá, mi papá, Heather y Rob. Gracias por el amor y las historias que me inculcaron. Gracias por tolerar mi rara e hiperactiva imaginación mientras crecía. Gracias por colmarme de amor, apoyo y felicidad. Y para mis antepasados: Cumba y Abuela, Papá y abuela Ethel, abuela Grace, tías Cuca y Gladys y tío Pineda: que la memoria de ustedes viva a través de mis historias.

A mi esposo, Joe, que me permitió hacerle un millón de preguntas, que celebró mis logros, que vino a casa. Te amo.

Y, por último, a mi hijo, Soren. Tú eres mi inspiración. Tú eres mi dicha. Todas mis historias son para ti.

Pasa la página para que leas un avance de *Con Cuba* en el bolsillo...

# CAPÍTULO 1

*Santa Clara, Cuba*
*Abril de 1961*

Este no es mi hogar.

La cocina de tía Carmen no tiene mi modelo de un Mustang P-51 o el reguero de piezas de un set de Erector. En lugar de una mata de mango a la entrada con un nido de tocororo en sus ramas, hay una multitud de soldados dándose palmadas en la espalda y disparando sus fusiles al cielo nocturno.

Mi primo Manuelito pone de un manotazo otra ficha de dominó en la mesa.

—Doble ocho, tonto —dice con una risotada. Sus dedos regordetes juegan nerviosamente con el resto de las fichas de dominó que están frente a él.

—No me digas estúpido —digo, y entrecierro los ojos.

Mamá camina de un lado a otro detrás de Manuelito y estruja un trapo rojo de cocina entre sus manos. Agarra la cruz en su cuello y la escucho murmurar el padre nuestro.

—Padre nuestro, que estás en los cielos.

Unos gritos agudos afuera de la casa de tía Carmen interrumpen el resto del rezo.

—¿Mamá?

Mi hermano menor, Pepito, hace ademán de levantarse de su silla, pero mamá le pone la mano en el hombro.

—No te preocupes, nene. Todo va a estar bien.

Mamá y tía se miran preocupadas. A lo mejor engañaron a Pepito, pero a mí no me engañan. Los soldados de Fidel derrotaron a un grupo armado de refugiados cubanos exiliados en Estados Unidos y fueron entrenados por el gobierno estadounidense. Los cubanos exiliados intentaron invadir Cuba, pero el ejército de Fidel los derrotó rápidamente. Según lo que papá me dijo, ésta era nuestra última esperanza de librar a nuestra isla del gobierno opresivo de Fidel.

—Sigue jugando, Cumba —dice mamá, y me hace un gesto con la mano.

La vela en la mesa a la que nos sentamos Manuelito y yo tintinea y proyecta sombras alargadas de las fichas de dominó que saltan por todo el florido mantel de plástico.

Intento concentrarme en la ficha que tengo en la mano, pero los gritos afuera aumentan. Niego con la cabeza y pongo en la mesa otra ficha de dominó de un manotazo.

—Tranqué el dominó.

La cintura del pantalón se me encaja en el estómago y me muevo nerviosamente en mi silla plegable. La silla chirría, lo que hace que mamá me eche un vistazo rápido desde la ventana.

Ella seca el mismo pozuelo una y otra vez hasta que el trapo de cocina casi se le deshace en las manos.

Tía Carmen trata de subir la radio, pero mamá baja el volumen abruptamente.

—No quiero escuchar esas tonterías —susurra.

Manuelito me mira desde el otro lado de la mesa. La luz de la vela convierte a sus cejas en gruesos triángulos castaños y sus mejillas regordetas proyectan una sombra sobre su cuello.

—¿Tu papá ya volvió a casa? —dice él en tono burlón, y la luz de la vela le alarga los dientes delanteros hasta convertirlos en colmillos.

Tía Carmen atraviesa la cocina en una niebla de flores azules de algodón. Le da un cocotazo a Manuelito en la parte trasera de la cabeza, lo que le empuja el cuello hacia delante y hace que su pelo castaño se le meta en los ojos.

—Cállate, niño —le sisea.

Que manden a callar a Manuelito ofrece poco consuelo. Él no sabe. Él no tiene idea de que, en este momento, mi papá está en algún de nuestra casa escondiéndose de los soldados de Fidel. Él nos envió a casa de tía Carmen cuando Radio Rebelde transmitió a toda voz la noticia de la inminente invasión yanqui.

—No quiero que ustedes estén aquí si ellos me vienen a buscar —dijo mientras me pasaba la mano por el pelo, con una sonrisa en los labios que no podía ocultar el nerviosismo en sus ojos.

Los soldados de Fidel estaban arrestando a cualquiera que hubiese trabajado para el antiguo presidente Batista. Papá era capitán del ejército. Aunque él sólo era un abogado en la unidad de auditores de guerra, los galones en su uniforme lo hacían lucir importante.

Me agarro con los pies a las patas de la silla plegable para no darle una patada a Manuelito. Es un año menor que yo y se jacta de ser el niño de once años más fastidioso del mundo.

Manuelito baja la cabeza y la acerca a la mesa; sus cejas se vuelven más gruesas y los colmillos le crecen más.

—No va a funcionar, como ya sabes. Fidel siempre gana —susurra.

Suelto mi pie de la silla y le doy una patada en la pantorrilla. Manuelito hace una mueca de dolor. Esa fue por papá.

Tía Carmen sube el volumen de la radio cerca del fregadero y mamá frunce los labios.

—¡Aquí, Radio Rebelde! —grita una voz grave desde la bocina—. ¡Los imperialistas han fracasado, fracasan y fracasarán en derrocar a nuestra gloriosa revolución!

Las noticias de la invasión a Playa Girón llenan la cocina. Fidel ha pronunciado discurso tras discurso en los que provoca a los exiliados cubanos y a sus aliados estadounidenses.

El himno del movimiento 26 de Julio—el gobierno de Fidel—suena a todo volumen en la radio, y mamá la apaga.

Yo suspiro. Manuelito, Pepito y yo intentamos concentrarnos en nuestro juego de dominó. Pero no vale de nada. Se supone que juegues con cuatro personas. Normalmente, papá habría sido el cuarto.

Pepito pone una nueva ficha y abre bien los ojos como platos.

—¡Ay, caramba! ¡La caja de muerto!

Se cubre la boca de un manotazo antes de que mamá lo escuche decir una palabrota. Pepito siempre ha pensado que el doble nueve trae mala suerte porque lo llaman "la caja de muerto". Cuando oigo las pisadas y los gritos afuera, recuerdo que hay peores fuentes de mala suerte que una pequeña ficha blanca.

—Está bien, hermanito. No te preocupes —le digo para tranquilizarlo.

Barro con la mano por encima de las fichas que hemos puesto y borro nuestras meticulosas filas de dominós. Se acabó el juego. Le enseño a Pepito a poner las fichas una frente a la otra para formar una cascada. Él aplaude con sus manos regordetas y comienza a organizar las fichas por sí mismo, mordiéndose la lengua para concentrarse.

Mamá pone un vaso de agua frente a mí, y yo finjo que no noto el temblor en su mano. Un agudo sonido de disparos explota en las afueras, lo que nos hace dar un brinco.

—¿Y ellos qué hacen? —pregunta Pepito.

Mamá suelta un suspiro profundo.

—Celebran, nene.

Pepito arruga la cara.

—Eso a mí no me suena a celebración. No hay ninguna música.

Con el tiempo tendrán música. Claro que tendrán música. Y desfiles. Y discursos. Tantos discursos. Eso es lo que ellos siempre hacen.

Pero las armas siempre vienen primero.

Más sonidos de balacera nos llegan del exterior. Escuchamos un zumbido y luego un golpe seco cuando una bala le da a la pared de concreto de la casa de tía Carmen.

Pepito, Manuelito y yo instintivamente nos agachamos y nos cubrimos la cabeza y mamá grita una palabra por la que ya antes me ha dado un cocotazo por decirla. Afuera estallan las risas junto a los gritos de "¡Patria o muerte!".

Manuelito, Pepito y yo intentamos organizar nuestras fichas de dominó una vez más, pero las manos nos tiemblan mucho. Las fichas se nos caen prematuramente una y otra vez. Manuelito se da por vencido y comienza a comerse las uñas.

Un golpe agudo en la puerta interrumpe nuestro juego y tía Carmen la abre. Un hombre que viste un uniforme verde olivo está parado en el umbral. Su grasienta barba negra brilla a la luz de la vela que viene de la cocina.

—Buenas noches, compañera. Una maravillosa noche para la revolución, ¿no le parece? —dice con una sonrisa burlona mientras mira a tía de arriba abajo.

Ella se cruza los brazos al pecho.

—¿Usted qué quiere?

El soldado arquea una ceja.

—¿Usted oyó que derrotamos a los yanquis?

—Todo el mundo ha oído sus tonterías —tía Carmen chasquea la lengua y mira fijamente al soldado.

Desde la cocina, mamá sisea:

—¡Carmencita! ¡Tranquila!

El soldado empuja a tía Carmen y entra, el fusil que le cuelga del hombro le da un culatazo al marco de la puerta. Se yergue por encima de quienes jugamos dominó en la cocina. Las palmas de las manos me empiezan a sudar y se pegan al mantel de plástico.

—Muchachos, ustedes deberían estar orgullosos. Han sido testigos del poder de la revolución sobre los yanquis. El poder de Cuba sobre los imperialistas —declara con las manos a la cintura.

Tía Carmen pone los ojos en blanco y mamá le da un duro codazo en las costillas.

El soldado se vuelve sobre sus talones y se para a pocos centímetros de mamá.

—Como usted sabe, compañera, la revolución siempre está a la busca de jóvenes para la causa de la libertad.

Mamá agarra fuertemente el trapo de cocina hasta que creo que los nudillos se le van a salir de la piel. Yo estiro el cuello para verle la cara, pero la gruesa culata del fusil del soldado está en el medio. El corazón me palpita en los oídos, lo que hace casi imposible que escuche lo que él dice.

—¿A usted le hace falta algo, compañero? —pregunta mamá, y se aclara la garganta.

Sé que intenta distraer al soldado de su línea de razonamiento. En las últimas semanas han aumentado los rumores de que a los niños de mi edad y mayores los están enviando a la Unión Soviética para entrenar para el ejército. La semana pasada, Ladislao Pérez dejó de venir a la escuela, y Pepito jura que es porque está en un barco rumbo directo a Moscú. Yo tal vez podría pensar que eso no es cierto si no fuera por los hambrientos ojos de los soldados que me estudian cada vez que paso por el cuartel.

El soldado se mesa su negra barba con la mano.

—Un vaso de agua. Es un trabajo arduo esto de celebrar nuestra victoria.

El soldado le hace un guiño a mamá, y el estómago me da un vuelco.

Mamá llena un vaso y se lo entrega tan rápidamente que el agua se derrama en el piso de losas.

El soldado toma un buche largo, las gotas de agua se quedan en los rizos de su áspera barba. Se acerca a nuestra mesa a paso lento.

—Les hace falta otro jugador —dice, y toma una ficha. El soldado pone su vaso bruscamente sobre la mesa y recuesta el fusil contra la silla vacía.

El cañón negro apunta en un ángulo hacia Pepito. Yo me agarro fuertemente de la mesa y miro a mamá.

Ella viene apresuradamente hacia nosotros y le pone ambas manos a Pepito en los hombros.

—Ellos estaban a punto de irse a dormir —dice con voz temblorosa.

El soldado vira una ficha entre sus dedos y me mira con sus ojos negros.

—¿Y cuántos años tú tienes?

Trago en seco y casi se me olvida mi edad.

—Doce —logro decir.

El soldado me pone la mano en la cabeza y me despeina. Su mano es cálida y pesada. El agarre de mamá en los hombros de Pepito se hace más fuerte.

Una sonrisa burlona le cruza la cara al soldado.

—Imagino que pronto te veremos en el cuartel. Todos los hijos de Cuba deben poner de su parte.

Un líquido caliente me sube por la garganta. Creo que voy a vomitar.

Los gritos aumentan afuera y el soldado tira la ficha a la mesa. Se vuelve a colgar el fusil al hombro. Roza a tía Carmen y mamá cuando les pasa por al lado y sale a la noche con el puño en alto y un grito de "¡Venceremos!".

Yo tomo la ficha que soltó el soldado y la viro en mi mano. Dieciocho huequitos me miran como si fueran un montón de agujeros de bala.

La caja de muerto.

# CAPÍTULO 2

—Si tu mamá ve ese gato te va a amarrar por los dedos de los pies y te va a colgar encima de un criadero de cocodrilos. Tú lo sabes, ¿verdad?

Mi amigo Serapio me da un piñazo en el brazo y me guiña el ojo. Se mete otro ajonjolí en la boca, y las semillas de sésamo y el azúcar dejan una huella pegajosa en las comisuras de sus labios.

El gato atigrado ronronea y se frota contra la pierna de mis pantalones negros, lo que me hace tropezar en el sendero de tierra mientras Serapio y yo caminamos a casa de la escuela. Salió de la nada mientras pasábamos por la oficina de correos y nos siguió, con la esperanza de que Serapio le diera un poco de sus caramelos de ajonjolí.

—Oye, Cumbito —dice Serapio—. Tengo otra buena para AFDF.

En verdad, no estoy de humor para ponerme a jugar una ronda de nuestro usual "Antes de Fidel,

Después de Fidel" en el que intentamos superar al otro con las más ridículas maneras en las que nuestras vidas cambiaron de antes a después de Fidel. Froto el pulgar en la ficha de dominó que tengo en el bolsillo del pantalón. Me he quedado con la ficha de la caja de muerto desde que el soldado la tiró en la mesa de la cocina de tía Carmen la semana pasada. Regresamos a nuestra casa el día siguiente, papá emergió del cuarto trasero con pesadas ojeras que revelaban su larga noche de insomnio y preocupación. La ficha se me clavó en la pierna mientras los brazos se me acalambraban de abrazar a papá muy pero muy fuertemente, temeroso de que desaparecería si lo soltaba. Desde entonces, mamá y papá han intentado actuar como si todo fuera normal, pero cada vez que cierro los ojos, siento la mano pesada del soldado en mi cabeza y el gruñido de su invitándome al cuartel.

—Mira, este es el mejor —continúa Serapio—. Entonces, antes de Fidel, teníamos pollos normales.

Hace una pausa y me mira, a la espera de que diga algo.

—¿Y qué es lo que tenemos después de Fidel?

Serapio sonríe.

—Después de Fidel tenemos pollos socialistas. Se cagan en el patio de todos por igual.

La risa de Serapio rebota en las paredes de piedra a las que les pasamos por al lado y yo suelto un gemido. No le ofrezco mi versión a Serapio porque en lo único que pienso es en que antes de Fidel, mi familia no tenía que esconderse atemorizada. Después de Fidel, pego un brinco cada vez que escucho las pisadas de las botas de los soldados en la calle.

—Oye, Cumbito. Lo digo en serio. Ese gato tiene mal de ojo. Tu mamá se va a volver loca —murmura Serapio mientras unos pedacitos de caramelo vuelan de su boca.

Intenta espantar al gato, pero sus manos están cubiertas del pegajoso sirope azucarado del ajonjolí. Lo único que logra es que una pelambre parda se le pegue a los dedos.

Me encojo de hombros.

—No importa si este gato tiene mal de ojo. Yo podría hacer un mitin de lealtad a mamá con todos los animales en Cuba y ella aun así se echaría a correr a las montañas.

—Yo nunca he conocido a nadie que les tenga tanto miedo a los animales como tu mamá.

—Dímelo a mí. Casi quemó la casa aquella vez que Pepito trajo tres lagartijas.

El gato se mueve rápidamente detrás de mis piernas mientras un grupo de soldados con mala cara empuja con sus fusiles a seis hombres hacia la guarnición. Unas camisas amarillas cuelgan de los hombros de los prisioneros mientras caminan lentamente en fila, con las caras apesadumbradas y las manos atadas a la espalda.

Le agarro el brazo a Serapio.

—Espera. Traen a más prisioneros.

Serapio escanea los rostros de los hombres con los puños cerrados fuertemente y la cara pálida.

—¿Tú no crees que mi papá...?

Traga en seco en vez de terminar la oración.

Niego con la cabeza.

—No. No lo veo.

Desde la fallida invasión a Playa Girón hace una semana, el gobierno ha arrestado a los exiliados que lucharon y a cualquiera que los haya ayudado. Un chivatazo del Comité de Defensa de la Revolución y te ganas una camisa amarilla y una celda en la prisión.

El papá de Serapio fue uno de los invasores.

Seguimos calle abajo y evitamos a los prisioneros. Pasamos al lado de un alto muro de piedra, con abolladuras y marcado con agujeros de balas. No quiero pensar en lo que estaba entre las armas y el muro.

El gato abandona su misión de ajonjolí y se traza una nueva misión: frotar tanto pelaje como le sea posible en mi pantalón. Ya casi siento el cocotazo que me va a dar mamá en la coronilla.

Doblo en la esquina de mi calle, con la esperanza de que el gato siga a Serapio a su casa, pero se queda conmigo. Hago una pausa a una cuadra de mi casa y trato de sacudirme todo el pelo del gato que me pueda quitar de los pantalones. El gato me mira con cara de estarse divirtiendo. Va hacia una pared en la que el Comité de Defensa de la Revolución ha pegado carteles nuevos. "¡VIVA FIDEL!", gritan las letras grandes encima de la imagen de un barbudo de uniforme verde olivo y con una boina. El gato se estira hacia arriba y arrastra las garras a lo largo de la fila de carteles que está más abajo y rompe uno por el medio.

Me está empezando a caer bien este gato. "¡VIVA EL GATO!".

Entro por la puerta lateral y atravieso el patio hacia nuestra cocina. Nunca entramos por la puerta delantera, porque por ahí es por donde mamá atiende su clínica dental. El frente de nuestra casa está lleno con una silla de dentista, un escritorio y todos los instrumentos de mamá. Sabemos que no podemos tocar nada.

Y mucho menos podemos dejar que entren animales.

Cuando entro a la cocina, nuestra sirvienta,

Aracelia, canta en el fregadero de la cocina, con sus largos rizos negros que le saltan al compás de las caderas. Pepito está sentado a la mesa detrás de ella y se roba unas galletas de un plato en la mesa. Ahora entiendo por qué no me esperó después de la escuela y vino a casa apresuradamente antes de que yo pudiera alcanzarlo. Recordó que hoy era el día en el que Aracelia usualmente hace galleticas.

Me limpio las comisuras de los labios con la mano para mostrarle a Pepito que hay evidencia de la que se tiene que deshacer. Él me guiña un ojo y se estira y toma otra galletica.

Aracelia se vuelve del fregadero.

—¡Ay, niño! ¿En qué tú estabas pensando? —exclama mientras hace aspavientos con las manos.

Pensando que ha atrapado a Pepito el Ladrón de Galleticas, me río. Entonces siento un cuerpo cálido que se frota contra mi pierna.

El gato me siguió hasta la cocina.

—Por Dios, ¡saca a esa cosa de aquí ahora mismo! ¿O es que acaso tú enviaste tu cerebro por correo a Estados Unidos?

Aracelia espanta al gato con el trapo de cocina, pero el animal le lanza un zarpazocon su pata parda al trozo de tela colgante.

Cargo al gato y lo lanzo fuera de la casa. Me mira

con cara de pocos amigos y luego se va calle abajo a paso lento.

Al regresar a la cocina, veo a Pepito echarle el guante a otra galletica.

—¿Ayudaría en algo si dijéramos que el gato rompió un cartel del Che?

Aracelia suspira.

—Eso es lo único que nos faltaba. Un gato contrarrevolucionario en esta casa.

Pepito suelta una carcajada, y las migajas de las galleticas salen disparadas de su boca.

Aracelia se pone las manos en las caderas y lo mira.

—Si la memoria no me falla, había diez galleticas en ese plato. Niños, ustedes dos son peores que el cucuy.

Arrastro los pies por el suelo. A mi modo de ver, hay cosas peores a las que tenerles miedo ahora mismo que galleticas robadas, gatos callejeros y el coco. Las paredes con huecos de bala y los prisioneros que iban en fila me lo recuerdan cada vez que camino a la escuela o regreso de ella.

Pepito aparta el plato de galletas cuando ve que mamá y papá entran a la cocina. El traje de lino de papá le queda holgado a su complexión delgada. Se quita el sombrero y se pasa la mano por el pelo que tiene peinado hacia atrás. Abre la boca para saludarnos, pero niega con la cabeza y cierra los labios. Camina a paso lento por el pasillo hacia su cuarto, con los hombros caídos y cabizbajo.

Estoy a punto de preguntarle a mamá cuál es el problema, pero ella da una palmada y junta las manos.

—Bueno, niños, ¿qué tal la escuela?

Pepito me señala con el dedo y me mira con ojos endiablados.

—Cumba trajo un gato a casa.

Un día de estos, voy a diseñar una casa y voy a poner el cuarto de Pepito en un hueco en el patio.

—A Pepito probablemente no le hará falta comer. Se ha estado robando las galleticas de Aracelia.

Mamá niega con la cabeza.

—Ay, yo debería inscribirlos a los dos en el Comité. Ustedes son muy buenos chivateando a los demás.

No hay manera de que yo jamás trabaje para el Comité de Defensa de la Revolución. En primer lugar, su nombre es completamente ridículo. En segundo lugar, ellos sólo son un montón de chivatos que espían a los vecinos y lo informan al gobierno. ¿Compras carne en la bolsa negra? El Comité te va a delatar. ¿Escuchas la estación de radio contrarrevolucionaria La Voz de las Américas? El Comité te va a delatar.

Manuelito probablemente aprovecharía la oportunidad. La semana pasada, le dijo a tía Carmen que mamá le hizo una limpieza dental a doña Teresa a cambio de una ración extra de azúcar.

El sonido del clarinete de papá flota por el pasillo desde su cuarto y, por un momento, a todos nos engancha el trío para clarinete de Brahms. La melancólica melodía revolotea por la cocina a medida que aumenta la velocidad. Suena como una tormenta que viene del mar.

Papá tocaba en la orquesta cuando el presidente Batista todavía estaba en el poder. Ahora ya no hay más orquesta. No hay más música. La canción que papá toca por lo general tiene un piano y un chelo. Ahora la toca solo.

Deambulo por el pasillo y paso por al lado de fotos de mamá y papá en el día de su boda, de Pepito en su tiempos de bebé regordete y mías en mis tiempos de bebe flacucho.

Abro la puerta al cuarto de papá y mamá y veo a papá sentado en la cama. Me quedo parado en el umbral y lo escucho tocar. Con cada aliento, sus hombros se elevan y él mueve el clarinete a uno y otro lado. Con la última nota, levanta la punta del instrumento en el aire y llena el cuarto con el sonido. Al terminar la canción, baja el clarinete hasta sus muslos y se sienta en silencio.

—Eso estaba bueno, papá —le digo.

Sorprendido, se da vuelta y me mira. Noto lágrimas en los bordes de sus ojos.

—Gracias, mi niño.

Da unos golpecitos en la cama, y yo me le acerco para sentarme a su lado y recuesto la cabeza en su hombro. Él me echa el brazo por encima y me envuelve en el olor de tabaco y de una colonia con aroma de roble. Vemos al tocororo saltar de rama en rama en la mata de mango que está al otro lado de la ventana. Sus plumas rojas, azules y blancas hacen juego con los colores de la bandera cubana. Salta al suelo y se pone a picotear un mango.

Un grito desde la cocina rompe nuestro silencio y el tocororo levanta el vuelo.

—¡Ay! ¡Me está mirando!

El gato debe haber regresado a la casa. Y ahora mamá grita porque la está mirando.

Me levanto para salvar a mamá del apocalipsis felino, pero papá me pone la mano en el hombro.

—Espérate, mi niño —dice.

Me siento de nuevo en la cama. Papá se mete la mano en el bolsillo y saca un papel. Ha sido doblado y desdoblado tantas veces que está a punto de romperse en los dobleces.

Papá me entrega el papel y comienzo a leer.

*Todos los hijos y las hijas de Cuba deben cumplir su deber con la gloriosa revolución... Los pioneros contra el imperialismo deben entrenar... El servicio militar es obligatorio para todos los niños...*

El corazón me palpita en la garganta, y unos puntos negros me flotan en los ojos y no me permiten que lea más.

Papá baja la cabeza y murmura:

—Por ahí dicen que están enviando a los niños a la Unión Soviética para el entrenamiento militar.

La cálida brisa que entra por la ventana abierta se me pega a la piel y el pecho me jadea mientras intento recuperar el aliento.

Trago en seco y miro a papá.

—Papá, no quiero ir. ¡No quiero ir!

Papá me agarra la mano y la aprieta.

—No te preocupes. No vas a ir. Yo no voy a sacrificar a mi hijo por Fidel.

Se aclara la garganta y mira fijamente a través de la ventana.

—Te irás a Estados Unidos.

# CAPÍTULO 3

Cuando Fidel bajó de las montañas, los pájaros levantaron el vuelo. Y con ellos se fue el presidente Batista.

Ahora, en vez de pájaros, tenemos susurros. Susurros acerca del gobierno. Susurros acerca de los vecinos. Dan vueltas en el aire y te hacen cosquillas en el espinazo. Abuelo susurra que Fidel Castro y Che Guevara no son héroes por derrocar hace dos años al último presidente corrupto de Cuba. Mamá susurra que los tanques en los que Fidel recorrió las calles de La Habana en señal de victoria ahora se han virado contra el pueblo cubano. Los vecinos susurran que cualquiera que huya de la isla bajo el puño de hierro de Fidel es un gusano. Un gusano y un cobarde.

Si me voy, ¿eso también me convertirá en un cobarde?

Mi maestro, el padre Tomás, se aclara la garganta y me saca de mis pensamientos.

—Como pueden ver, estudiantes, cuando el gobierno es dueño de toda la tierra de cultivo puede garantizar que todos los productos sean repartidos equitativamente.

El padre Tomás pone los ojos en blanco mientras dice esto. Sus espejuelos con esos cristales de fondo de botella magnifican sus ojos. Es como mirar a una rana que acaba de ver una mosca en el techo. El gobierno cubano impone lo que el padre Tomás puede enseñar, incluso en una escuela católica, así que hemos sufrido algunos sermones acerca de la reforma agraria y de los peligros de la influencia extranjera.

Serapio me da un golpecito en el hombro y señala a la plataforma al frente de la clase en la que está el escritorio del padre Tomás.

—Oye, Cumbito. Hoy es el día. Lo presiento —dice y sus ojos marrones le brillan con la travesura.

Cada día antes de la escuela, Serapio empuja el escritorio del padre Tomás un poquito más cerca del borde de la plataforma. Hoy las patas delanteras del escritorio cuelgan una pulgada más allá de la plataforma. Un buen empujón a una gaveta y el escritorio se caerá de la plataforma y se estrellará contra el piso.

Mi amigo Geraldo se sienta delante de mí y le doy un toquecito en la espalda.

—Prepárate, Geraldito. Hoy es cuando es.

Geraldo se encoge de hombros y se inclina en su escritorio. Cuando el padre Tomás se da la vuelta hacia el pizarrón, Geraldo saca un sándwich y le da un bocado y las migajas del pan y pedacitos de jamón le caen en su pantalón negro del uniforme.

—Oye, Amarito —le susurro a mi amigo que está a mi lado—. Espéralo, que viene.

Amaro me ignora. Trata de equilibrar un lápiz en la nariz, pero la punta le da en el ojo.

El padre Tomás nos vuelve a dar la cara, con su pelo rubio que lentamente se le desvanece de encima de la frente y se retira de los quince revoltosos de sexto grado que lo torturan a diario. Bueno, a lo mejor no somos los quince. Es mayormente Serapio.

—Bueno, estudiantes. ¿Tienen alguna pregunta acerca de nuestro repaso de las nuevas medidas agricultoras del gobierno? —pregunta el padre Tomás.

La mano de Serapio se levanta por los aires. Su sonrisa pícara se le expande en la cara.

Ay, Dios mío, allá vamos.

Serapio se pone de pie junto a su escritorio y se aclara la garganta.

—Padre Bobo, ¿es verdad que el gobierno está enviando a estudiantes al campo a enseñar? ¿Qué demonios es esto?

Geraldo suelta una risotada y casi se atraganta con el bocadito. Amaro y yo tenemos que taparnos la boca para evitar reírnos.

La primera semana del curso escolar nos enteramos de que nuestro maestro canadiense aprendió español a través de la iglesia católica. Eso quiere decir que nunca aprendió ninguna de esas palabras interesantes que por lo general hacen que nuestras madres nos den cocotazos en la coronilla. Serapio se aprovecha de esto y sazona sus preguntas y respuestas con palabrotas.

—Es verdad, Serapio. El gobierno está enviando a los jóvenes rebeldes a pueblitos en el campo.

Miro a Amaro. Él ya sabe la respuesta a la pregunta de Serapio. A Eugenio, su hermano mayor, la Asociación de Jóvenes Rebeldes lo envió a un poblado más pequeño cercano a Camagüey a enseñar patriotismo. Pero Amaro ignora la conversación e intenta tocarse la nariz con la lengua.

El padre Tomás regresa a su escritorio a paso lento y abre la gaveta de arriba. Serapio y yo nos inclinamos hacia delante y nuestras manos se aferran a nuestros escritorios con anticipación. El padre Tomás saca algunas tarjetas en blanco del escritorio.

—Estas tarjetas son para el Comité de Defensa de

la Revolución —dice, y las levanta en alto para que la clase las pueda ver.

La mano del padre Tomás descansa en la gaveta. Serapio y yo nos aferramos más fuertemente a nuestros escritorios, a la espera de que la cierre. En vez de eso, se quita los espejuelos y se restriega los ojos.

—De hecho, jóvenes —dice, casi en un susurro—, se supone que les diga que escriban aquí cualquier cosa que ustedes vean que podría ser considerada en contra de las nuevas metas del gobierno cubano. Pero yo sencillamente no pienso que...

El padre Tomás cierra la gaveta de su escritorio. Lo hace con la fuerza suficiente como para hacer que este se caiga de la plataforma. Se estrella contra el suelo de nuestra clase con un estruendo. Quince niños pegan un salto hacia atrás.

Los gritos y las risas llenan el salón de clase. Serapio se vuelve a parar al lado de su escritorio y hace una reverencia.

Yo aplaudo a mi amigo chiflado, pero miro al frente del aula, en donde el padre Tomás está de pie junto a su escritorio dañado. Las tarjetas en las manos se le caen al piso y otra vez se vuelve a quitar los espejuelos y se restriega los ojos.

Suena el timbre escolar que declara el fin del día y salva al padre Tomás de más humillaciones. Y, lo más importante, salva a Serapio del castigo. Salimos del aula a la carrera, un huracán de carcajadas y palmadas en la espalda.

Voy rumbo al patio de la escuela para encontrarme con Pepito antes de caminar a casa.

—¿Ya tu papá se cansó de esconderse? —gruñe una voz a mis espaldas.

**ADRIANNA CUEVAS** es una cubanoamericana de primera generación, oriunda de Miami, Florida. Luego de enseñar español y el programa de inglés para hablantes de otros idiomas (ESOL) durante dieciséis años, decidió seguir su pasión de contar historias. Adriana vive con su esposo y su hijo en las afueras de Austin, Texas, en donde disfrutan irse de excursión, viajar y cocinar muchísima comida cubana. *El eclipse total de Néstor López* es su primer libro para jóvenes lectores. Visítala en adriannacuevas.com.

**ALEXIS ROMAY** es autor de dos novelas, un libro de sonetos y otro de décimas. Ha traducido al español más de una cuarentena de libros infantiles, así como novelas de Ana Veciana-Suarez, Margarita Engle, Stuart Gibbs, Meg Medina, Adrianna Cuevas y, al inglés, de Miguel Correa Mujica. Ha escrito letras para canciones de Paquito D'Rivera. Vive en Nueva Jersey con su esposa, su hijo y su perra. Visítalo en linktr.ee/aromay.

## También de Adrianna Cuevas

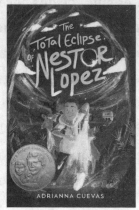